Francesca

AMAZZONI

Mercedes Lauenstein

di notte

traduzione di Elisabetta Dal Bello

Voland

Titolo originale: *nachts*

Prima edizione: agosto 2017

ISBN 978-88-6243-307-5

"Hey you, out there in the cold. Getting lonely, getting old. Can you feel me?"
PINK FLOYD, *Hey You*

Di notte non dormo. Cammino per le strade e sbircio oltre le finestre illuminate nella vita degli altri. Do una scorsa ai campanelli accanto agli ingressi nella vaga speranza di imbattermi in un nome che conosco, forse il mio oppure un altro che in qualche modo mi si addica.

C'è una casa, lì vive sotto lo stesso tetto quasi tutta la famiglia Milek. Un Milek al primo piano, uno al secondo, uno al quinto e uno anche al sesto, un dottore. Una vera banda, con un proprio palazzo. A volte mi piacerebbe essere un Milek. Ma poi neanche tanto. Avere una banda, alla fine, può essere una bella cazzata come non averne nessuna.

Le finestre con la luce accesa diventano sempre meno col passare delle ore. Le conto. Mi attraggono. Quelle buie invece no, mi fanno paura. I dormienti, nel loro oblio, mi fanno venire la pelle d'oca. Per questo mi oriento verso chi sta sveglio. Se rimane anche una sola finestra illuminata in tutta la strada mi fermo, guardo in alto e prego che non si spenga proprio in quel momento. Una deve rimanere, almeno una deve sempre rimanere.

ADELE
Un lunedì, alle 4 e 34

Una casa vicino alla ferrovia. Quarto piano. Piove, con una mano mi schermo gli occhi dall'acqua mentre guardo in alto. Due finestre come palpebre stanche, le tapparelle abbassate a metà. Dietro vedo qualcuno andare su e giù.

Sono in mezzo alla strada. Un camion passa sotto il ponte della ferrovia, si dirige verso di me. I fari si rifrangono sulle gocce che mi sono finite negli occhi, diventano ondeggianti punti luminosi. Rimango per un attimo come ipnotizzata, poi il clacson dell'autocarro mi rintrona nelle orecchie e io salto da un lato.

Mi avvio verso il portone. Non è chiuso a chiave, posso aprirlo con una leggera pressione. Quando mi fermo nell'androne e accendo la luce mi rendo conto che sono bagnata fradicia. Non so nemmeno da dove cominciare a strizzare, i vestiti mi pesano da tutte le parti. Sono zuppa come una spugna. Mi tiro su i capelli, mi piego in avanti e li strizzo. Poi mi tolgo la giacca e cerco di spremere fuori quanta più acqua possibile. Adesso sto in piedi in una pozzanghera. Con la suola delle scarpe tento di disperderla, ma niente da fare. Le mattonelle, inclinate e sghembe, la fanno rifluire nello stesso punto. Avanzo per l'androne finché arrivo a un pianerottolo. A tastoni cerco il taccuino nella tasca dei pantaloni. La copertina è fradicia, le pagine cominciano ad arricciarsi. Lo apro. L'inchiostro ai margini si è sciolto, ma il resto è leggibile. Mi rimbocco una manica del pullover e guardo l'orologio. Va ancora, ma dentro è appannato. Le quattro e mezza. Aspetto da giorni il momento giusto per cominciare. L'ho capito oggi: quando, se non adesso! "Lu, 4 e 34" annoto nel mio libretto e, a seguire, due punti.

Salgo lentamente le scale. Odorano di stantio e di vecchie pietre umide. Un edificio vecchio, in degrado. Spero di asciugarmi un po', vado piano apposta. Chiaramente non funziona. Almeno però sento i rumori di un appartamento al secondo piano. Lo scarico di una toilette. Una voce femminile. Francese. Non riconosco le parole, solo la melodia. E un'altra voce femminile, molto più bassa, pure questa francese. Sulla porta c'è scritto "Grimaud". Che succede se adesso suono il campanello? E lascio perdere la mia sagoma camminante del quarto piano? Mi immagino le due donne, una magra e l'altra grassa, entrambe in camicia da notte bianca con un candelabro e una lunga, affusolata candela bianca davanti a sé.

Proseguo. Al terzo piano, sul davanzale di una finestra, accanto a un vaso in terracotta con dentro un cactus c'è il frammento di uno specchio. Se mi ci guardo dentro, riesco appena a vedere il mio occhio e la parte superiore del mio naso. Allontano il frammento il più possibile e tento di fare una stima di me stessa. Bagnata, i capelli tutti appiccicati, la pelle bianca e pallida. Sembro un cane randagio.

Arrivata di sopra mi fermo un attimo. Devo capire dietro a quale porta vive la mia sagoma. Poi scelgo quella a sinistra. C'è scritto Lindqvist, a pennarello verde, su un cartoncino azzurro attaccato col nastro adesivo.

Mi appoggio alla porta, origlio. Sento dei passi. Passi piccoli e sommessi. Busso e indietreggio appena.

Un occhio. Nello spiraglio della porta socchiusa. Una corona di ciglia nere. Una donna. Indossa una specie di pigiama in maglina grigia.

"Salve" sussurro, e attacco col discorsetto che mi sono preparata salendo. "Non voglio disturbare, ma io faccio visita alla gente di notte, senza preavviso, vorrei farne una ricerca, sì insomma sulla notte, sullo stare svegli. Dal mio aspetto non si direbbe, lo so, ma fuori piove. Posso entrare?"

La porta si apre e vedo davanti a me la donna per intero. Mi risponde bisbigliando: "Quanto tempo ci vuole? Ho un bebè, sta dormendo, sinceramente non è il momento adatto perché se si sveglia..."

"No, no, capisco, allora me ne vado, scusa, buonanotte" dico, e mi volto.

Quando raggiungo le scale e sto per scendere il primo gradino, lei fa: "Psshhh, vieni, vieni qua." È uscita, se ne sta scalza sullo stuoino e ha accostato la porta dietro di sé.

"Quanto tempo ci vuole?" sussurra ancora.

"Non lo so, forse venti minuti?"

"Va bene, ma non qui, fa troppo freddo. Dài, vieni dentro. Ma lascia fuori le scarpe e fa' meno rumore possibile, andiamo in cucina."

Annuisco e la seguo. È graziosa e più bassa di me di almeno due spanne. Sulla quarantina.

La cucina è lunga e stretta, come un tubo. A un'estremità c'è una finestra con davanti un tavolo di legno e due sedie. Lei piega una gamba e si appoggia al ginocchio, io mi siedo sul bordo di una seggiola e chiedo: "Che fai di notte quando non dormi?"

"Mah" fa lei. "Prima ti avrei detto: spassarmela. Dormire o spassarmela. Non ho mai pensato che ci fossero anche altri motivi per rimanere svegli. Me ne sto rendendo conto soltanto ora."

"Cosa intendi dire?" chiedo.

"Be', adesso ho un bebè" dice alzando le spalle. "Di quattro settimane, adesso spesso di notte allatto. Adesso sono tutta un'altra persona."

"Perché? Chi eri prima?" chiedo ancora.

"Una persona come tante. Di giorno al lavoro, la sera a dormire e nel fine settimana un party. Fino a nove mesi fa mi sentivo come una venticinquenne. E adesso cammino di notte avanti e indietro per l'appartamento col piccolo in braccio e penso: non sarà mai più come prima."

"Ti fa paura?"

"È piuttosto una forma di rispetto. Va be', quando guardo mio figlio mentre lo allatto e vedo quanto ha bisogno di me, e mi capita di pensare: cacchio, non me ne libererò più, allora sì, ho paura."

"Quindi non sei veramente contenta del tuo bambino?"

"No, questo no, è la cosa più bella che mi sia mai successa. Avere un bambino è grandioso. Solo, è strano che la vita cambi tanto alla svelta. Io non volevo avere figli, o meglio, non mi interessava. Volevo continuare a essere sempre come una di venticinque anni, anche l'anno scorso, quando ne avevo trentasette. A dire il vero pensavo fosse troppo tardi per avere un figlio."

"E chi è il padre?"

"Questo non è un bell'argomento" dice.

"Capisco" faccio io.

"Siccome mi hai chiesto della notte," dice in fretta "ecco, di notte adesso mi piace molto allattare."

"Sì?"

"Voglio dire, non credo si possa avere una percezione simile della notte anche senza un bebè. Quando siedo alla finestra e allatto Castor, tutto è ovattato, come se avesse nevicato, però caldo, e non invidio affatto chi passa per strada. L'anno scorso ero anch'io una di quelli che alle cinque barcollano sul marciapiede con un kebab in mano, e la fettina di pomodoro che gli cade a terra. E adesso ci siamo solo Castor e io. Ed è una sensazione forte. Un anno fa ti avrei dato della scema se me l'avessi raccontato. Probabilmente sono gli ormoni della gravidanza. Mi rendono tutta calma e soddisfatta. Poco tempo fa ho letto una cosa interessante, e cioè che l'umanità prima dormiva in due fasi. Non chiedermi quando, credo cinquecento anni fa o di più, forse mille, anni e date non sono il mio forte. In ogni caso: c'era il primo e il secondo sonno. E tra l'uno e l'altro si stava svegli per ore, distesi, oppure ci si alzava, si camminava su e giù, ci si raccontava qualcosa. E in questa fase il corpo si trovava in uno stato che l'uomo moderno oggi non conosce più, forse solo durante la meditazione. Era come sonnecchiare a mente lucida. E contemporaneamente si produceva un ormone, pro... un nome con 'pro'. Prolattina o giù di lì. Ed ecco che intendevo dirti: è un ormone che in genere hanno soltanto le donne incinte oppure le galline perché se ne stiano buone mentre covano."

"Fantastico" dico.

Lei sospira e mi sorride. "Adesso ho questo bambino. Uno pensa, il bello deve ancora arrivare. E poi il bello arriva senza che tu te ne accorga. Un po' è così, però in un certo senso anche no."

Alza le spalle, poi dice: "Raccontami qualcosa di te. Perché non sei in giro a spassartela? Perché ti interessano progetti così assurdi? E perché da sola, poi?"

"Chi dovrei portarmi dietro?"

"Un aiutante, non so."

"Da sola è molto più bello."

"Non è noioso?"

"Io preferisco stare da sola."

"E se ti succede qualcosa?"

"Non mi succede niente."

"Cosa ti rende così sicura?"

"Una mia sensazione."

"Sei incredibile."

“Lo pensi solo perché la cosa sembra più incredibile di quello che è.”

“Mmh...” fa lei, poi rimaniamo in silenzio. “Tra l’altro posso offrirti soltanto acqua di rubinetto” dice a un certo punto.

All’improvviso il pavimento comincia a vibrare. Prima in modo impercettibile, poi sempre più forte. Sul fornello c’è un bollitore per il tè, ora trema leggermente. Guardo dalla finestra. I binari della ferrovia brillano nella pioggia e riflettono le luci dei lampioni. Poi si sente un zzsssshhhhhhh e un treno passa sfrecciando. Luci accese ai finestrini dei vagoni, solo pochi sedili sono occupati, ed è già sparito. E il bollitore è di nuovo immobile.

“Alle cinque si cominciano a sentire i primi treni. Questo era il Railjet per Budapest” dice la donna. Io penso al posto della città che preferisco, sotto il ponte della ferrovia che attraversa il fiume. Quando si sta seduti là e il treno ti passa sopra la testa ed è un terribile sferragliare e non si sente più una parola o l’abbaiare di un cane o il rumore dell’acqua, tutto viene inghiottito ed è come se si venisse proiettati con un razzo nello spazio o si venisse investiti. Per qualche istante tutto si interrompe e restano soltanto fracasso e stridio e lampi di luce. Solo che non si ha dolore da nessuna parte e dopo si rimane vivi e illesi. Un po’ come rinati.

“A dire il vero, prima della gravidanza volevo cercarmi un appartamento più grande in una zona migliore, più tranquilla” dice. “Col mio lavoro guadagno piuttosto bene, ce l’avrei fatta. Ma poi è successo tutto così velocemente, la mia pancia ha cominciato presto a ingrossarsi e mi è passata la voglia di traslocare. I treni comunque finora non disturbano Castor. Forse si è abituato al rumore già durante la gravidanza.”

“Castor e i treni, è quasi divertente.”

“Perché?”

“Be’, per via del Castor-Express.”

"Non ci avevo mai pensato."

"Per fortuna. Sarebbe anche imbarazzante, in un certo senso."

"Mio nonno si chiamava Pollux, i suoi genitori erano fanatici della mitologia greca, il padre era archeologo, la madre un'esperta di storia antica. Fino all'età di trent'anni Pollux aveva un gemello di nome Castor, che poi è morto. Mio nonno non è mai riuscito a riprendersi. Conosco tante di quelle storie su Castor, quando si ascoltava nonno Pollux era sempre come se Castor ci fosse ancora, come se fosse soltanto partito per un viaggio. Quasi ogni volta che si parlava con mio nonno, in un modo o nell'altro saltava fuori suo fratello. E se c'era qualcosa in vista, un esame, un viaggio, il nonno diceva: 'Castor sia con te.' Alcuni anni fa nonno Pollux è morto, e da allora non mi manca soltanto lui, mi manca anche Castor. Per me è morto nel momento in cui è morto Pollux. E quando l'anno scorso sono rimasta incinta, non ho avuto dubbi: Castor. Un nome femminile non l'ho neanche preso in considerazione."

"Probabilmente, Castor poi dovrà chiamare suo figlio Pollux per il rimorso di essere rinato solo lui e perché questa volta manca Pollux" dico.

"Ehi, smettila, non sono cose da dire. E chi ti dice che non avrò un altro maschietto?"

"Anche questo è vero. Da quant'è che vivi qui?" chiedo.

"Sette anni. E sai una cosa pazzesca?" continua. "Conosco quasi tutti quelli che abitano nel palazzo, registro chi viene e chi va, ma l'unico che non conosco è il vicino della porta accanto, solo lui no. Non l'ho mai visto. Dovresti suonare da lui, sono curiosa."

"Magari non ci vive nessuno" dico io.

"No, c'è il nome sulla porta e sento spesso dei rumori. Sento della musica, una strana musica orientale su strumenti a pizzico. O forse dei Balcani? Sempre la stessa melodia. Forse la suona proprio lui. O proprio lei? Su una specie di arpa? Me lo immagino così. E qualche volta sento scorrere l'acqua nella vasca, come se qualcuno volesse fare un bagno. O come se ci fosse un acquario enorme. Inquietante, no?"

"E quando senti i rumori?"

"Quasi sempre di pomeriggio. E di sera, fino alle dieci. Regolarmente. Chi vive lì di certo non ha un lavoro normale. E comunque, da sette anni il caso ci inganna e non ci fa incontrare. Oppure la persona in questione non esce mai. Mai. E non gli consegnano mai niente. Alla porta di casa non succede mai niente, sennò me ne sarei accorta."

"Perché non chiedi al portiere o al proprietario?"

"Non è stalking?"

"No."

"Mmh..." fa lei. "Sai una cosa? Forse non voglio nemmeno saperlo. Forse è meglio se rimane un mistero."

"Ehi," dice poi in fretta "ora che ci penso, dovrei avere qualcosa da bere. Ho ancora..." si alza, si protende verso il pensile sopra il fornello e apre l'antina superiore. "...Qua c'è del vino."

"Non importa, lascia stare" dico io.

"Devi berlo tu, a me toccherà aspettare l'anno prossimo o anche di più."

Mentre allunga le braccia e tasta con le mani nel ripiano superiore, la maglietta si sposta verso l'alto lasciando intravedere la sua pancia. La pelle è bianca e floscia, cosparsa di strisce ancora più bianche e di altre più piccole, rosso-bluastre. Fino a quattro settimane fa lì dentro c'era un bebè, dico a me stessa. E penso: siamo degli *alien*.

Lei prende il vino, me lo porge con un mezzo sorriso. "Ecco. Goditelo finché puoi."

"Grazie, ma..."

"Dài, prendilo."

Poi si sente un vagito dalla stanza accanto.

"Oh no" lei spalanca gli occhi, porta velocemente le dita alla bocca e sussurra: "Accidenti, abbiamo parlato troppo forte."

"Mi dispiace!"

"Non fa niente, aspetta."

Esce in fretta dalla cucina e torna poco dopo con il bebè. È minuscolo. Vagisce, lei lo culla tra le braccia.

"Vado, ok? Grazie di tutto" dico.

"Peccato," dice lei ninnando il piccolo "la tua visita è stata qualcosa di particolare. Peccato, sul serio, avrei continuato volentieri ad ascoltarti. Non dimenticare il vino."

Esco, ci scambiamo un cenno di saluto con la mano. Lei indica il vino, dice: "Chissà che fine avrebbe fatto se tu oggi non fossi venuta. Magari l'avrei dato a qualcun altro. E qualcosa nel mondo sarebbe andata un po' diversamente. Sono cose così a fare la differenza, dopotutto. Cose di poco conto. Allora ciao."

Le sue ultime parole si perdono fra gli strilli del bebè. Lei chiude la porta, e il piagnucolio si attutisce. Abbasso lo sguardo su di me. Sono ancora bagnata. Almeno non più fradicia. Ho freddo. Rileggo la targhetta. Lindqvist. Il suo nome non lo so. Di certo si chiama Adele. Ha l'aspetto di una Adele. Scendo le scale.

Fuori piove. Stringo il vino tra le mani. La prossima osteria è mia, penso, la prossima osteria ha di sicuro un cavatappi per me.

Più che un'osteria preferirei un posto per dormire. Ho voglia di compagnia, ma non sugli sgabelli di un bar, su dei materassi, niente osterie, meglio un dormitorio. Dove ci sia un buon profumo, biancheria pulita e nessuno di spiacevole. Gente tranquilla con tanta prolattina, di cui la maggior parte sta semplicemente sdraiata e diventa una cosa sola con sé stessa. E invece del vino rosso ci sarebbe latte caldo col miele.

Sul ponte della ferrovia passa sferragliando un treno.

ALBERT
Un sabato, alle 3 e 28

Una via corta con alcune case strette, nessuna con più di tre piani, coperte dai soliti vecchi tetti spioventi. Le finestre, incorniciate di legno bianco, al pianoterra sono basse, quasi all'altezza delle anche. Non passano macchine né anima viva, e se non sapessi con certezza di trovarmi ancora in città sarei convinta di essere in campagna.

Nella casa più piccola di tutte, una finestra illuminata al primo piano. Non ci sono tende. Travi marroni al soffitto e un unico, lungo scaffale scuro sul quale si trovano pile di libri, statuette di legno, scatole e barattoli. Al di sopra sono appesi tre quadri dipinti a olio.

Pigio un bottone color rame incassato direttamente nella parete senza alcuna cornice. Il campanello ha un suono basso e sommesso, come il tocco su uno xilofono di legno.

Dopo qualche minuto dietro alla porta si sente uno scricchiolio e un vecchio signore viene ad apririmi. Capelli grigi, ondulati a destra e sinistra, nel mezzo una pelata. Occhi rotondi che pendono a goccia e si intonano alle grandi orecchie da vecchio. Niente barba. Il suo pullover rosso scuro ha lo scollo a v, sotto si intravede una t-shirt a strisce bianche e blu. Sta in piedi su un multicolore tappeto di stoffa intrecciata. Dall'appartamento arriva un odore di lievito di birra e candele accese.

Neanche mezzo metro dietro di lui, una scala di legno porta al piano superiore; brilla come miele sotto la luce calda proveniente dalla stanza di sopra.

"Mmh..." dice lui interessato quando gli racconto quello che faccio, pronunciando la M con un tono di voce più alto "...mi piace, devo dire! Quanto tempo ti serve?"

Quanto vuole lui, dico, e già annuisce in segno di approvazione, e con un cenno energico mi invita a entrare passandogli accanto, in un corridoio stretto che si apre a destra in due camere buie con la porta accostata.

"Mi chiamo Albert" dice chiudendo la porta d'ingresso. Poi saliamo la scala di legno scricchiolante. Arrivati di sopra ci troviamo direttamente nella stanza che avevo visto dalla strada: un ampio soggiorno con due finestre. Di fronte, sulla parete destra, un comò bianco piuttosto lungo con sopra alcuni vasi da fiori vuoti e un mucchio di articoli di giornale ritagliati. Davanti, un tavolo sempre bianco circondato da quattro sedie di colori diversi. Una seconda porta dà sul retro.

"Che c'è là dietro?" chiedo.

"Un balcone" dice Albert.

"Strana porta per un balcone" dico. "Normalmente hanno una parte in vetro."

"Sei falegname, di mestiere?" chiede.

"Non sarebbe male" rispondo.

Lui si dirige a passi decisi verso la porta e la apre.

"Prego" dice.

L'aria umida e fredda della notte ci investe.

"Se non sei troppo freddolosa, possiamo metterci qua fuori" propone. Sul balcone ci sono tre sedie di legno con lo schienale reclinabile, una è tutta abbassata e ha davanti uno sgabello per i piedi. In tre vasi per terra crescono tenere piantine verdi.

"Che piantine sono?" chiedo.

"Ah!" esclama Albert trionfante. "Belle, eh? Trovo anch'io. Dopo puoi dirlo anche a mia moglie, appena si sveglia! Sì, se ti trattieni abbastanza a lungo."

"Perché?" chiedo.

"Perché sono davvero delle belle piantine. Di solito vengono definite 'erbaccia'. Ma secondo me a torto, ah ah. Si possono perfino mangiare. Del resto, si può mangiare molto di più di quello che si crede."

Affonda una delle sue manone nel vaso dove le erbacce crescono più fitte e strappa alcuni gambi. Una metà la dà a me, l'altra se la porta alla bocca.

"Mangia! Io lo faccio sempre, non succede niente."

Esito. Albert mastica con un ghigno sulle labbra. Poi mi metto le foglie in bocca. Sanno di noci, hanno un gusto acidulo, di prato. Mi viene in mente che da bambina ho mangiato spesso l'erba. E l'acetosella. Fosse stato per me avrei mangiato tutto quello che cresce là fuori. Una volta ho mangiato i fiori gialli delle forsizie, ma mi hanno fatto venire sete e mal di pancia, e allora sono corsa a casa e ho bevuto dal tubo di gomma in giardino finché il mal di pancia non è passato.

"Allora, ascolta: lì c'è il centocchio, la portulaca e l'erba impaziente. Per il resto devo controllare."

Il cielo è molto più chiaro del solito, anche se non c'è la luna. Attraverso il parapetto di legno si può guardare in giardino. È minuscolo e confina, senza alcun recinto, con i giardini, pure minuscoli, delle case vicine. Pare che quasi tutti gli inquilini lascino crescere l'erba, sterpaglia e piante selvatiche si alternano ad alberi nodosi, piccoli spiazzi intermedi sono stati tosati per fare posto a sedie e tavoli, una sabbiera o una piscinetta.

Chiedo ad Albert del suo lavoro.

È, o meglio era, un panettiere. Aveva un negozio insieme alla moglie, una bottega "con di tutto un po'" e anche con un piccolo forno. Ha fatto il fornaio fino a cinquantacinque anni, poi ha detto basta. Voleva avere più tempo per sé, voleva fare finalmente il pensionato e occuparsi del nipotino appena nato.

Infatti la figlia più giovane di Albert e suo marito vivono qui di fronte.

La moglie di Albert, Maria, è rimasta in negozio. Non aveva ancora voglia di smettere. Ha assunto un giovane aiutante e ha sostituito così suo marito.

"Continuerà a lavorare finché un giorno cadrà morta" dice Albert. "Lei ama il negozio."

Dopo un anno, però, la vita da pensionato ha cominciato ad annoiarlo.

"Non sono riuscito a disabituare l'organismo ad alzarsi presto. E poi volevo guadagnare di nuovo un po' di soldi miei. Così ho accettato un lavoro di consegna-giornali." L'ha fatto per tre anni. "Ma sempre solo da aprile ad agosto," dice "i mesi d'inverno no, lo devono fare i giovani e non un vecchio come me, ho detto loro." Annuisce, contento di sé.

"Era fantastico, una sveglia mattutina di tutt'altra qualità rispetto a quando ero panettiere. Una calma meravigliosa, nessuno scocciatore. Niente rumori, niente luci forti, niente esseri umani. Albe spettacolari ogni mattina, selvagge combinazioni di nubi rosse, oro, lilla. Si può uscire di casa in bicicletta, attraversare la notte estiva, mentre dalla sacca della bici sale un odore di inchiostro da stampa umido, e le notizie del giorno stanno ancora tutte nel portapacchi. Mi sono sentito di nuovo giovane. Pedalare all'alba per le strade, credo, è libertà pura."

Sospira. E affonda di nuovo la mano nelle erbe. Me ne porge una manciata, e un'altra se la mette in bocca.

"Ma adesso va bene. Basta. Adesso non lavoro più" dice.

Albert va a letto ogni sera verso le sei, sei e mezza. E il mattino si alza alle due, due e mezza, talvolta alle tre, e quando è proprio pigro alle tre e mezza. Sua moglie dorme ancora, dormono insieme in un letto dabbasso, accanto alla cucina. Le sue levate ormai non la svegliano più.

Un fatto curioso, penso io: il tempo che per me è “la notte” per Albert è sempre “il mattino”. A dire il vero è un po’ come se per lui la notte non ci fosse proprio. C’è “la sera”, che è quando va a letto, vale a dire tra le sei e le nove, e c’è quello che viene dopo, a partire dalle due. Il momento di alzarsi. Il mattino. Per un attimo, la mia concezione della notte si ribalta. La notte all’improvviso non è più la fine, un punto morto, bensì qualcosa di nuovo. Qualcosa di chiaro, non di scuro.

“E adesso come passi il tempo?” chiedo.

“Leggo, vado a spasso. Mi occupo dei nipoti. Insomma, faccio quello che prima facevo nel tempo libero. L’unica cosa che ho smesso di fare è il pane al forno. Quando si decide di staccarsi da qualcosa, bisogna essere radicali!”

Albert è del parere che la sua vita adesso sia nella fase più piacevole. “Invecchiare chiaramente non è questo granché, perché le ossa diventano fragili e la fine si avvicina,” dice “ma per quanto riguarda la percezione del quotidiano è l’età migliore. Il mio nipote più grande adesso ha ventitré anni e mi dice: ‘Nonno, sei una roccia, la calma in persona!’ E mi fa piacere. Nella mia vita non ho mai avuto uno scopo preciso, ma adesso a posteriori penso: si può farlo passare per lo scopo della mia vita. Essere una roccia, la calma in persona.”

Poi alle nostre spalle si sente uno scricchiolio e la porta del balcone si apre. Una signora anziana in accappatoio blu ci guarda assonnata:

“Aha, abbiamo visite?”

“Una ricercatrice è venuta a trovarci!” dice Albert.

“A dire il vero non sono una ricercatrice” preciso io. “Sono soltanto curiosa.”

La signora anziana guarda sospettosa Albert.

Albert guarda me. “Non sta bene raccontare bugie” dice, e gira pensoso la testa in direzione del giardino.

"Si può sapere cosa vuole lei qui?" mi dice la donna a voce più alta, e io mi spavento un po'. Mi vergogno e non so che rispondere. Poi dico qualcosa di molto stupido, ma è l'unica cosa che mi viene in mente.

"Abbiamo mangiato erbacce insieme."

"È meglio se ti accompagno fuori" dice Albert. Ci alziamo e rifacciamo la strada per la quale siamo saliti.

Sulla scala color miele divento triste, mentre i miei piedi diventano sempre più veloci e dabbasso spalanco la porta, la sbatto con forza dietro di me e corro, corro, corro fino a svoltare l'angolo tre volte. Mi fermo davanti al muro di cinta di un parco. Mi ci arrampico sopra. E rimango seduta là finché compare tra le nuvole la prima luce del sole del mattino come brace sotto la cenere.

HANNA
Un giovedì, alle 3 e 12

Ho un brivido di freddo. L'estate ormai si avvicina rapidamente al termine, le notti calde si fanno più rare, sotto i miei piedi scrocchiano le prime foglie gialle. Osservo le facciate delle case. Questa volta è una finestra ad arco in uno dei quei palazzi alti che hanno spesso una torretta e danno l'impressione di essere abitati solo da persone come le si vede nelle vecchie foto d'epoca. Di quelle che la domenica vanno a passeggio nel parco con lunghi cappotti e grandi cappelli.

Mi avvio verso l'ingresso. Mi avvicino alle targhette con i campanelli. Nella maggior parte dei casi si riesce a immaginare quale targhetta appartenga a questo o quell'appartamento. Jovancik. Premo. Brrrrr, poi clac, e sono sulle scale. Mosaici blu per terra, una ringhiera perfettamente verniciata sotto le mie mani.

Sopra, al terzo piano, non mi viene incontro nessuna signora da foto d'epoca. Solo una giovane donna in accappatoio. Se ne sta nella cornice marrone della porta e mi guarda con aria interrogativa. I lunghi capelli scuri le cadono in ciocche umide sulle spalle. Viso stretto, sopracciglia scure, occhi castani.

"Entra" dice la ragazza che, tra parentesi, si chiama Hanna. La sua voce è roca eppure chiara.

"Mi lasci semplicemente entrare, così" dico mentre lei chiude la porta.

Mi guarda.

"È divertente."

Sono io quella più intimidita, anche se è lei a essere stata colta di sorpresa.

L'appartamento consiste in un unico ambiente allungato, a sinistra un cucinino addossato alla parete e una stretta doccia, procedendo dritti il finestrone con davanti una scrivania. A destra una piccola stufa nera nella quale brucia un fuoco, e lì accanto una cesta con la legna. C'è odore di shampoo e sigarette.

"La toilette è in corridoio, se per caso ne hai bisogno" dice Hanna mentre io mi guardo intorno.

"Grazie," dico "ma non devo andare in bagno."

Il suo è una specie di alloggio per portinai, mi spiega. Gli altri appartamenti dell'edificio hanno tutti almeno tre stanze, bagni veri e propri e cucine.

"Strano soltanto che sia al terzo piano, vero?" dice lei. "Non sono mai riuscita a scoprire perché. Gli alloggi per portinai in genere sono al pianoterra. Forse è così dai tempi della guerra, forse qui c'hanno nascosto qualcuno, che so. Ma a me sta bene, perché al pianoterra o nel seminterrato avrei comunque paura dei ladri."

Sulla scrivania c'è un libro accanto a un bicchiere di vino rosso.

"Siediti qui" dice lei, e tira verso di sé uno scatolone pieno di libri.

Prendo posto su un volume illustrato sull'universo.

Hanna studia da undici semestri letteratura comparata e astrofisica. Di notte legge.

"Di giorno non riesco a concentrarmi" dice. Forse è internet a distrarla, e tutte le altre piccole incombenze che non ci lasciano in pace. Di notte tutto questo perde importanza. Quello che non si riesce a sbrigare lo si può rimandare al giorno dopo, al mondo degli orari di apertura dei negozi e degli appuntamenti dal medico, e ciò che rimane è il silenzio della notte.

Hanna usa il collegamento a internet dei vicini. Hanno bambini piccoli che vogliono proteggere dalle onde elettromagnetiche, per questo di notte disattivano la connessione.

"All'inizio la cosa mi dava sui nervi e pensavo di procurarmi un abbonamento mio, ma dopo un po' ho trovato che andava bene così. Pace, finalmente." Spesso legge tutta la notte. Tanto per andare all'università non deve quasi mai alzarsi prima di mezzogiorno.

Hanna però non studia più sul serio. Frequenta alcune lezioni, ma non è più ufficialmente immatricolata. Un anno fa è stata bocciata più volte agli esami di astrofisica. Non ci capiva niente comunque, dice, in realtà non ha afferrato nemmeno la teoria della relatività.

Hanna mi è simpatica. Mi è stata simpatica fin dal primo momento, d'istinto. Mi piace come parla. In modo molto chiaro e sincero. E non dice fesserie. La maggior parte della gente racconta fesserie.

Hanna fa roteare il vino dentro al suo bicchiere. "Che poi tutta questa faccenda dei numeri, delle astrazioni, non è completamente ridicola? Forse l'umanità inganna sé stessa da secoli, e a un certo punto si scoprirà che gli scienziati hanno calcolato tutto soltanto in modo che avesse un senso. E poi arriva qualcuno che, accanto alla lingua e ai numeri, ti sviluppa un terzo sistema che descrive tutto meglio – o almeno altrettanto bene – e però è solo uno tra milioni e milioni di sistemi possibili con i quali il cervello umano si trastulla, per l'appunto."

"Ehm..." faccio io tentando di figurarmi questo terzo sistema. Qualcosa con rumori, lampi verdi e spirali. Oppure un calore corporeo. Mi compare davanti l'immagine mentale di un nastro di gomma lunghissimo e trasparente al quale tutti gli esseri umani sono appesi come a un cordone che gli passa per le orecchie. Poi mi raggiunge di nuovo la voce di Hanna.

"I miei genitori non sanno che non sono più iscritta" confessa. Quando compirà ventisette anni, tra nove mesi, smetteranno di mantenerla e solo allora le chiederanno cosa ha intenzione di fare nella vita, dopo tutti gli anni passati ad accumulare sapere.

"Io non gli dirò che non ho nessun titolo di studio. Non lo scopriranno, comunque" dice lei. "È chiaro che nonostante questo ho bisogno di un lavoro. Per i miei genitori me ne inventerò semplicemente uno, credono a tutto quello che gli racconto perché in realtà non gli interessa. Non abbiamo un bel rapporto, ci vediamo soltanto una volta l'anno a Natale per un paio d'ore. Non so proprio che lavoro potrei fare. Ma stranamente non sono preoccupata. Tutti attorno a me perdono la testa, soltanto io rimango perfettamente calma. Non ho paura, per niente. C'è sempre un modo per guadagnare soldi. Non mi interessa come, a me basta starmene da sola tra le dieci di sera e le cinque del mattino e poi dormire fino alle dodici. Nel tempo che rimane faccio qualsiasi cosa."

Mentre parla, dalla finestra fissa la parete dell'edificio di fronte e fuma una sigaretta dopo l'altra. Non in modo febbrile, ma a lunghe boccate. Un ramo d'edera è cresciuto tutt'intorno alla cornice della finestra, le sue foglie tremano, fuori c'è vento.

"Vedi la finestra esattamente qui davanti? Fino a ieri ci viveva un tipo. Anche lui era sempre sveglio di notte. Io ero qua e leggevo, e lui di là a leggere a sua volta. Ogni tanto faceva delle telefonate, lunghissime, seduto sul davanzale. Eravamo sempre i più nottambuli della strada, o almeno quasi sempre, credo. Era il mio alleato. D'estate talvolta sentivo la sua voce, me la portava il vento attraverso la finestra aperta. Mi piaceva. Spesso ci siamo guardati per minuti interi. Ma non c'è mai venuta l'idea di dire qualcosa o di presentarci."

Spegne la sigaretta, punta i gomiti e intreccia le mani appoggiandoci sopra il mento.

"Adesso è via, se ne è semplicemente andato. E io l'ho perso. Me ne sono resa conto ieri mentre faceva sera, il cielo era già blu e piano piano si accendevano ovunque le luci. Mi ero presa una pizza e mi ero seduta qui, e quando ho guardato dall'altra parte, là dove prima c'erano il suo tavolo e alcuni quadri alla parete, c'era soltanto una donna con una cartellina in mano. L'appartamento era completamente vuoto. Sopra la testa della donna pendeva una semplice lampadina elettrica, tutto qui."

Scuote piano la testa e si accende un'altra sigaretta. "Non riesco a capacitarmi del fatto che se ne sia andato così. Di sicuro mi ha vista nuda. Anch'io l'ho visto nudo. Forse è stato proprio questo a dissuaderci da un incontro vero."

Con un mezzo sorriso prende dal davanzale un bicchiere in ceramica color lavanda con la scritta LE YOGHURT. Ci versa un po' del suo vino e me lo passa.

"Hai un ragazzo, una ragazza o qualcosa del genere?" mi chiede.

Penso a Jeremy, il tipo che l'estate scorsa ha vissuto per settimane in tenda su un'isola del fiume Isar e col quale di notte ho grigliato banane. "Più o meno" dico.

"Uh, sembra complicato" dice lei ridendo.

"Be', in effetti, e tu?" chiedo.

"No, niente. Sai, è completamente assurdo, però mi chiedo come sarebbe se quello là fosse diventato il padre dei miei figli? Oppure il mio segnavia verso una nuova esistenza? Forse avrebbe scoperto in me un talento che non sapevo ancora di possedere. La mia vita sarebbe senz'altro andata in modo leggermente diverso se ci fossimo conosciuti. Forse non ci saremmo nemmeno innamorati, forse saremmo stati semplici conoscenti. E allora se ne sarebbe andato lo stesso, ma saremmo rimasti in contatto. Forse un paio di mesi dopo gli avrei fatto visita a L.A., dove forse si è trasferito. O magari anche in Finlandia o soltanto ad Aix-en-Provence. Chissà."

"Ma non è andata così" dico.

"Sì, è vero, non è andata così, e forse è meglio." Guarda di nuovo dalla finestra, dopo un po' riprende a parlare.

"Spesso mi ritrovo a pensare a tutti gli estranei là fuori che non conosco eppure conosco. L'uomo del bar all'angolo, la donna anziana tre case più avanti, quella con i capelli lilla, che si sporge sempre dalla finestra per fumare, il fruttivendolo che ripete 'buongiorno', il fannullone con la chitarra che d'estate ama dormire all'incrocio, sotto il sole. Non conosco i loro nomi, però li vedo quasi ogni giorno. Avrei voglia di andare a pulire le loro case. Mettere in ordine mi piace tantissimo. Conosci il film *Another Earth*, dove una giovane donna comincia a pulire sotto mentite spoglie da un uomo che nel frattempo si è completamente lasciato andare perché sua moglie e suo figlio sono morti anni prima in un incidente, investiti proprio da lei ubriaca? La scena in cui pulisce e riordina potrei guardarmela all'infinito. Lo trovo davvero appagante. Lei chiaramente lo fa per reagire a quel terribile trauma, logico, ma da allora ho una voglia matta di pulire. Lo faccio talvolta da amici, se siamo lì senza far niente. E ho perfino sistemato l'appartamento della donna anziana al piano di sopra, quando poco tempo fa le ho portato su la spesa. Non si tratta solo di pulire. Mi interessa sapere come vive la gente. Mi piace toccare la vita degli altri. Ascolti le storie che ti raccontano gli oggetti. Mentre li spolveri e risistemi, restituisci a ogni singolo oggetto la sua dignità. E quello per riconoscenza ti racconta qualcosa. Niente male come lavoro, no?"

Butta fuori il fumo della sigaretta.

"Non capisco perché fare le pulizie venga sempre considerato come l'ultima alternativa, la peggiore. Proprio non lo capisco."

Mi guarda di nuovo. I suoi occhi sono quasi neri, il marrone dell'iride quasi non si distingue dalla pupilla. Mi viene da pensare a due buchi neri.

Finisco di bere il vino rosso.

Mi chiede perché faccio quello che faccio. E da quando. Le dico che ho cominciato solo da poco. E probabilmente lo faccio per lo stesso motivo per cui lei vuole andare a fare le pulizie. Per alcuni minuti fissiamo entrambe la parete dell'edificio di fronte. È completamente buia. A un certo punto al piano mansardato si accende una luce, debole e fioca.

"Chi credi ci sia là?" chiedo.

"Vai a vedere tu" dice lei. "È il tuo lavoro."

A dire il vero non ho nessuna voglia di andarmene.

Però dico: "Hai ragione."

E me ne vado. Quando sono di sotto, la luce al piano mansardato è di nuovo spenta. Cammino piano lungo i muri dei palazzi. Dalle finestre basse degli scantinati sale un'aria che sa di muffa.

MARIA

Un giovedì, alle 4 e 41

Due finestre al primo piano di una casa rossa. Le tende scure lasciano passare soltanto uno spiraglio di luce.

Dopo aver suonato sento il rumore di una finestra che si apre. "Chi è?" Una voce femminile. Mi sposto sulla strada. Una donna non più giovane sporge esitante la testa dalla cornice della finestra. Capelli castani raccolti all'insù, dai quali ricadono alcune ciocche grigie. Non truccata, un camicione in lino. Mi osserva, ha il viso sgualcito e mi ascolta dubbiosa tenendo stretta la maniglia della finestra.

Alla fine mi lascia entrare. Scende di persona ad aprirmi la porta, in pantaloni chiari e pantofole di pelle ai piedi. Risaliamo insieme le scale.

Di sopra c'è odore di detersivi e fiori, e anche un po' di biancheria dimenticata in lavatrice. Più porte si aprono su un corridoio oblungo. Dietro alla seconda porta a sinistra c'è la stanza con la luce accesa: un materasso per terra, lenzuola grigie e accanto un'asse di legno appoggiata su due mattoni che funge da comodino. A destra, due aste appendiabiti con camicie maschili e maglioni di lana, sotto scarpe da ginnastica e jeans ripiegati con cura. Tra le due finestre, in un vaso di cemento, una pianta alta fino alle spalle, alle cui foglie sono appesi col fil di ferro diversi oggetti, come se fosse un albero di Natale. Un'arachide dorata, una cartolina tridimensionale che ritrae un astronauta, una collana di sottobicchieri da birra, la copertina color pesca di un vecchio disco di Whitney Houston, nella quale la cantante ha un aspetto giovane come Rihanna oggi. Davanti alla finestra di sinistra, una scrivania bianca col piano in vetro e, sopra, un vaso di magnolie fresche dal profumo intenso. Sotto la lampada da tavolo un libro con le pagine aperte a ventaglio.

"Io sono Maria" dice la donna. Rimaniamo impacciate una di fronte all'altra. Lei non sa dove mettere le mani e si liscia i pantaloni sul punto dove in genere ci sono le tasche anteriori.

"Accomodati" dice, e mi indica la sedia alla scrivania. Il sedile è caldo. In questa stanza vive suo figlio. Il suo unico figlio. Marc. Lei è in visita da lui per tre giorni. È andato via di casa già da anni, nel frattempo con alcuni amici ha fondato una band e ha aperto un minuscolo bistrò, dove prima c'era una tabaccheria, nel quale a mezzogiorno si servono tre tipi di pasta e di sera la pizza.

Oggi Marc è uscito con gli amici e lei è rimasta qui. Voleva riposarsi. Ma adesso non riesce a dormire.

"La città è così rumorosa" dice. "Tutti rumori insoliti." Nella sua casa in campagna riconosce ogni scricchiolio. Qui nemmeno uno.

"Qui accanto pare che qualcuno sposti i mobili a intervalli irregolari" dice. In continuazione i vigili del fuoco. Poi un cigolio lontano. Un grido proprio davanti alla finestra, il motore di una macchina che va su di giri. C'è sempre qualcosa. Le ultime notti non sono state troppo male. Ha bevuto insieme a Marc qualche bicchiere di vino e si è addormentata subito, i rumori non l'hanno disturbata, forse anche perché Marc dormiva lì vicino a lei.

Per distrarsi e stancarsi ha rassettato tutta la sera. Ha piegato la biancheria, cambiato le lenzuola, lavato il pavimento, ha perfino pulito la cucina comune e sistemato in un vaso i fiori comprati oggi al mercato insieme a Marc. Adesso non c'è più niente da mettere a posto ma lei non riesce ancora a dormire. Allora siede lì alla scrivania e legge un libro cercando di non spaventarsi troppo quando sente un nuovo rumore. "Non riesco ad andare oltre le prime pagine" dice.

Non si è del tutto abituata al fatto che suo figlio è andato via di casa. È successo nello stesso periodo del suo pensionamento, dopo anni da impiegata statale presso l'amministrazione del patrimonio forestale. Senza lavoro e senza figlio da un giorno all'altro, si è dedicata al giardinaggio, si è incontrata con i vicini per cucinare insieme, ha fatto lunghi giri in bicicletta. Ma un piccolo vuoto è rimasto, nonostante tutti gli svaghi.

"Molto spesso mi chiedo dove va a finire il tempo" dice.

Marc adesso ha una nuova vita in città. Ogni due settimane si sentono per telefono, lui però in genere è di poche parole. Lei ha la sensazione di capire sempre meno la vita del figlio. La maggior parte dei nomi e dei luoghi lei non sa più a che si riferiscano. Prima c'erano Julian, Max e Johnny, gli amici della scuola. C'erano l'Hitzlers, il bar del paese, e il Chillz, la discoteca del centro giovanile.

"Adesso praticamente non so più nulla" dice.

E non serve a niente fare domande. Alle storie di lui non corrispondono immagini nella mente di lei. Raccoglie dati senza senso: chi è, dove lo hai conosciuto, dov'è questo, cos'è, che si fa. Quando poi l'unica domanda che conta è: "Stai bene?"

"Lui si fa grande e mi sfugge, è così. E io posso soltanto stare a guardare. La sua vita comincia, la mia finisce, e mi rimane solo la speranza che non si dimentichi di me."

Domani lei torna a casa. In treno sono quattro ore. Il paese in cui abita si trova a circa centocinquanta chilometri da Francoforte.

La sua casa è al margine del bosco. "Prima giocava sempre lì nel bosco come se il bosco gli appartenesse, come se ci vivesse. E da quando se ne è andato mi sembra che il bosco si sia fatto più silenzioso, il che naturalmente è assurdo" dice. "Negli ultimi anni lui non ha più giocato nel bosco. Al massimo ci andava per fumare. Finché gli ho detto che poteva farlo anche in terrazza."

Le piacerebbe passare più tempo con il figlio. Conoscere i suoi amici. Raccogliere immagini sui suoi racconti. Ma non è possibile. Non può disturbarlo con la sua solitudine. Oltretutto lei non sopporta più la città. "Qui non riesco a dormire. La città mi fa impazzire. Non si sta mai in pace. Non lo capisco. C'è bisogno di pace. Perché di notte si deve dormire."

Oggi ha osservato gli anziani per la strada. "Avevano tutti un aspetto curato e soddisfatto. Quasi felice. Allora mi sono chiesta se passare la vecchiaia in città potesse fare al caso mio. Forse è solo questione di abitudine."

Ma dopo, continuando a camminare, le è venuto in mente che non deve disturbare Marc. "Non posso stare alle calcagna di mio figlio" dice scuotendo la testa.

Maria mi fa pena. Vorrei consolarla ma so che è impossibile. Ci sono dolori che non si possono lenire. Il dolore di Maria è di questo tipo. Osservo la pelle del suo viso. Tante linee sottili. Quasi non ha sopracciglia, solo radi peli tenui. Che aspetto avrà Marc? Cerco di immaginarmi il viso di lei come se fosse un giovane ragazzo. Ci riesco quasi. Poi lei ricomincia a parlare e l'immagine scompare come la propria riflessa nell'acqua quando vi si getta una pietra.

"Nella mia testa so tutto" dice. "Come devo comportarmi, da anziana signora e così via. Eppure è un po' così, non so più qual è il mio posto e come potrei avere di nuovo la sensazione che la mia vita è completa."

"Hai paura da sola vicino al bosco?" chiedo.

"Paura? E di che?"

"Be', dei ladri, non so."

"Ma no, mai avuta. Non saprei proprio di cosa. Nessuno mi vuole aggredire."

È la città notturna a farle più paura, ripete. Le vibrazioni continue, il ronzio, il pi-pip di qualche furgone, i frigoriferi, le suonerie dei telefoni, il vocio, le porte, i passi, la vita inquieta degli altri sopra, sotto, accanto, incessante.

In campagna le notti sono diverse, dice. Il vento tra le foglie, l'uggiolare dei rami, i movimenti della casa, lo scricchiolio delle travi. Gli animali in giardino. E nelle pause intermedie un silenzio "così profondo e assoluto che quasi cominciano a ronzarti le orecchie".

A casa va a letto presto, mai dopo mezzanotte. Mangia, legge qualcosa, a volte guarda un film. Beve un bicchiere di vino della Mosella. E poco prima di andare a dormire esce ancora sulla soglia di casa e respira a fondo. Guarda in alto, verso il cielo. "Qui mancano pure loro" dice. "Le stelle."

Ci ho mai fatto caso? "Un vapore arancio copre il cielo, non si vede nemmeno una stella, niente. Da noi invece è un vero e proprio firmamento, come nei libri illustrati per bambini." Così, dice, non potrebbe vivere. Senza stelle. Senza la calma delle stelle prima di addormentarsi. Sorride. "Ma sarebbe anche più bello se sapessi che al piano di sopra Marc dorme ancora nella sua cameretta. Allora di sera andrei di nuovo in cucina a preparare la tavola per la colazione del giorno dopo."

Chiude il libro e ci passa una mano sopra. È rilegato in stoffa blu, sulla copertina non c'è titolo. La magnolia ha un profumo persistente. Per un attimo non si sente alcun rumore. Non passa nessuna macchina. Nessuno in casa fa baccano. Solo in lontananza ulula una sirena della polizia.

Maria sorride e guarda dalla finestra. Poi gli angoli della bocca le si abbassano in un sospiro stanco.

DANIEL

Un lunedì, alle 3 e 53

Una casa a un incrocio buio e deserto di un quartiere tranquillo, davanti a una fermata dell'autobus e a una colonna per affissioni. Al primo piano c'è una luce accesa dietro a tende in tinta écru chiuse a metà, dal soffitto pende una lampadina.

Il campanello ha un suono forte e stridulo. Il meccanismo apriporta è inceppato ma il portone è accostato, per terra c'è un sottobicchiere in cartoncino che lo tiene aperto. Le scale grigio-bianche sono marmorizzate. Al primo piano c'è un tipo sulla trentina, alto e magro, con ricci scuri che gli piovono sulla fronte, un po' di pancia, spalle femminee ma viso ossuto. Una t-shirt grigia, pantaloni in tessuto scuro, calzini rossi.

"Aha, aha" dice mentre gli spiego. "E funziona? La gente ti lascia entrare? O io sono il primo?"

"Be'," dico "qualche volta suono il campanello sbagliato e allora da qualche parte si accende una luce e io so di aver svegliato qualcuno. Allora corro via. E qualche volta, dietro a una finestra illuminata non si muove niente anche se il campanello è quello giusto, in genere da sotto si riesce a sentirlo. In questi casi può darsi che non ci sia nessuno e la luce sia accesa solo per tenere lontani i ladri. Oppure qualcuno non si prende la briga di andare a guardare perché crede sia lo scherzo di un ubriaco."

"Quello che fai, comunque, mette un po' di paura. Io mi sono spaventato. Soprattutto quando sei apparsa qua e mi hai guardato."

"Allora di notte si dovrebbe disattivare il campanello. Si fa anche col telefono."

"Si può fare davvero?"

"Se non volessi essere disturbata, io lo farei."

"Non ci avevo mai pensato."

"In ogni caso, direi che su dieci finestre illuminate mi aprono in tre."

"E adesso vuoi intervistarmi?"

"Sì, se non hai nulla in contrario."

"Ok, allora entra. Mi chiamo Daniel."

Da Daniel c'è un odore un po' di muffa, di calzini, deodorante per uomo e sigarette, in corridoio sono sparsi sul pavimento in linoleum prodotti e attrezzi per le pulizie, due porte chiuse a sinistra, una a destra, e davanti all'ingresso la sua stanza con la lampadina nuda al soffitto.

In certi punti l'intonaco si è staccato dalle pareti. Di fronte alla finestra un logoro divano in pelle marrone scuro con davanti un basso, disadorno tavolo di legno. In una bottiglia di birra un fiore di plastica, tipo quelli che si vincono al baraccone del tiro a segno delle fiere. E in un angolo, accanto alla porta della stanza, c'è una batteria elettronica.

"Sei un musicista?" gli chiedo.

"Suono la batteria in una band specializzata in musical."

"Che musical?"

"L'ultima volta sono stato in tournée con *Cats*."

Daniel abita a Monaco da tre anni, prima ha vissuto con Léa, il suo amore di gioventù, a Nancy, la città natale di lei. Sono stati insieme per dodici anni. Poi all'improvviso lei ha trovato un nuovo ragazzo.

"Prima non ci si crede, ma quando arriva il momento succede tutto molto in fretta. Un mercoledì, ero appena rientrato da una tournée – e lei mi dice che ha un altro. Con la massima calma. Chiara. Ha anche avuto il tempo di prepararsi. Io invece no."

Daniel è subito ripartito per un'altra tournée. Poi si è cercato una stanza a Monaco, perché qui ha degli amici.

L'appartamento ha tre stanze, lo divide con un uomo di mezza età che come lui sta spesso in giro e ha qualcosa a che fare con l'informatica. Perlopiù non si incontrano. Non sanno nulla l'uno dell'altro.

Daniel mi racconta tutto questo mentre stiamo ancora fermi in piedi. O meglio: io sto ferma, lui oscilla avanti e indietro. Ha allargato le dita dietro la schiena, le tiene ben tese verso la parete e si lascia cadere contro di essa, si spinge via, si lascia di nuovo cadere all'indietro. È il suo stesso ammortizzatore.

"Vogliamo sederci?" propongo.

"Ah sì, certo, scusami."

Ci mettiamo sul divano in pelle.

"Vuoi qualcosa da bere?"

"Un alcolico?"

"Vediamo un po' che riesco a trovare." Si alza in piedi ed esce dalla stanza. Uno sbattere di armadietti in cucina. Mi sento a disagio. La luce è sgradevole. Le lampadine nude hanno sempre un che di sgradevole perché hanno un raggio troppo ampio. Questa poi è una lampadina a risparmio energetico, e le lampadine a risparmio energetico conferiscono a ogni ambiente l'atmosfera di un tunnel in autostrada.

Poi ecco di nuovo Daniel sulla porta.

"Latte o whisky?" chiede.

Latte? E chi beve ancora latte senza niente? Penso all'alito caldo delle mucche in una stalla e a una pagnotta dalla quale si strappano grossi bocconi. Latte freddo. Sì, forse voglio del latte freddo.

"Prendo del latte. Con un goccio di whisky."

"Quasi come un White Russian" dice lui. "Sì, quello che beve sempre il tipo nel film *Il grande Lebowski*."

"Può essere" dico.

Lui torna con una tazza. La tazza è punteggiata di blu e ha una sbeccatura.

"Non ho più bicchieri puliti, mi dispiace."

Bevo un sorso. È un buon White Russian.

Poi chiedo a Daniel se ha una nuova ragazza. La domanda gli pare strana. Mi guarda con un'espressione particolare. Il naso gli si contrae. Ci sono sopra due lentiggini, mi chiedo se siano davvero lentiggini oppure delle macchie epatiche, e come si faccia a distinguerle dal punto di vista medico.

"Non è che fai questa cosa perché sei alla ricerca di un ragazzo?" dice.

"No, diamine!" rispondo io ad alta voce.

"Bene!" dice lui.

La mia risposta risolleva pure me. Al tempo stesso sono anche un po' triste senza sapere bene perché. Chiaro che non mi sto cercando un ragazzo. Non come crede lui. Ma forse in un altro modo.

"Comunque no, non ho una nuova ragazza." Si porta la tazza alla bocca e beve rumorosamente. "Solo un mucchio di soldi che avevo risparmiato per mettere su famiglia con Léa."

"Cosa ci fai adesso con i soldi?" gli chiedo.

"Non ne ho idea" dice. "Forse mi compro una cabrio per fare un incidente mortale."

"Ma dài..." dico.

"No, sul serio" continua. "Sembra grave, ma forse non è così grave."

"Non per te" dico io.

"Ma se non ho una ragazza né bambini?"

"Magari non hai incontrato quella giusta, no? Oppure trovi qualcos'altro, un sostituto dell'amore. Un hobby o roba simile."

"Ma va," ride "mica funziona così."

Una breve pausa.

"Tra l'altro, se ti siedi qui sul bordo del divano puoi guardare fuori" dice, e scivola verso l'alto passando dal sedile allo schienale.

Lo imito.

"Stai sveglio così a lungo ogni notte?" gli chiedo.

"Di solito sì. Non che lo faccia apposta. Tanto al mattino nessuno mi costringe a svegliarmi."

Verso le nove di sera, dice Daniel, c'è sempre un momento d'impasse, è così stanco che vorrebbe subito mettersi a letto. Be' però, pensa, sono solo le nove, prestino, no? Meglio andarci tra un'ora. Poi fa il bucato, guarda un po' di tv o si scalda una cena precotta, e all'improvviso è di nuovo sveglio. Carica videoclip su YouTube, vecchi concerti degli anni '90, assoli di batteria, tutorial musicali che ha girato lui. Ogni tanto va a fumare alla finestra e si gode la calma che c'è per strada. E quando guarda l'orologio in genere sono già le due e mezza, tre, tre e mezza, quattro. Come adesso.

"Sigaretta?" chiedo.

"Sì, volentieri" dice tirando fuori dalla tasca una confezione di tabacco sfuso.

Arrotolate le nostre sigarette, le accendiamo e guardiamo fuori senza dire una parola.

Poi lui dice: "Una volta mentre fumavo ho visto una ragazza alla fermata dell'autobus. Aspettava il notturno, che però non arrivava." È rimasta lì seduta a lungo, racconta. Mentre lui se ne stava sopra. A un certo punto la ragazza si è girata e lo ha visto. All'inizio era un po' spaventata, poi però hanno cominciato a parlare. Finché al pianoterra non si è accesa una luce e qualcuno ha mandato improperi per il loro vociare. Allora Daniel l'ha invitata nel suo appartamento e, proprio quando lei stava per salire le scale, è arrivato l'autobus. Lei ha detto solo:

"Oh, non importa" e si è trattenuta comunque. Sono rimasti seduti fino all'alba sul davanzale, a parlare. E a lasciar passare gli autobus. Sei in tutto. Fino alle sei e mezza del mattino.

"È stato divertente" dice Daniel. "Una bella chiacchierata, niente di importante ma mai noiosa o forzata."

Lei era piuttosto giovane, dice, intorno ai ventitré anni. Per la prima volta si è sentito veramente a suo agio in compagnia di una donna. Era anche carina. "In un certo senso un viso buono, e movimenti eleganti." Non troppo magra, non troppo vanitosa, non troppo truccata, e proprio per questo bella.

Le ragazze che aveva conosciuto dopo la sua storia erano per la maggior parte intercambiabili. "Hai presente la sensazione che si ha nei confronti delle persone viste per strada? Alcune le guardi un po' più a lungo, di altre non ti accorgi nemmeno, ma tutte appartengono a un'altra vita e sono interessanti solo per un attimo. Sappiamo intuitivamente che sono solo comparse. E non protagoniste. Niente che faccia per noi, per la nostra vita. Con lei però in qualche modo era diverso. Era bello."

Si sono scambiati i numeri di telefono. Ma lei non ha risposto a nessuno dei suoi cauti SMS. Una settimana dopo, lui si è fatto coraggio e l'ha chiamata. Ma al telefono ha risposto una donna anziana.

Forse la ragazza gli aveva dato un numero falso? Di proposito o per errore? D'altronde lei aveva memorizzato sul cellulare il numero di lui. O aveva premuto il tasto sbagliato nell'inserirlo? O era impegnata con qualcun altro? Era stata semplicemente cortese e in realtà lo trovava antipatico? Ma allora non sarebbe rimasta così a lungo e non avrebbe riso tanto, no? O forse lui aveva detto qualcosa di sbagliato?

"Magari è pure morta" dico io.

"Sei completamente fuori di testa" dice.

"Pensaci un po'" insisto.

Conveniamo che esistono molte risposte alla domanda su cosa sarebbe potuto succedere.

“Come con una serratura a combinazione” dice Daniel. “Non ci conoscevamo per niente” aggiunge. “Ma qualche volta, quando sento passare il notturno, un po’ mi dispiace.”

Prende del tabacco dalla sua confezione e si arrotola un’altra sigaretta.

“Questa è l’ultima, poi te ne devi andare” dice. “Ne vuoi una anche tu?”

“No” rispondo.

Mentre dà il primo tiro gli chiedo se non trova che la notte faccia un po’ paura.

“Ehm” fa lui scuotendo la testa.

È vero che gli piacerebbe se le sue giornate avessero un andamento più regolare. Gli piacerebbe essere sveglio più spesso al mattino. Ma in fondo questi momenti da solo alla finestra mentre tutto intorno è buio gli piacciono. Le fumate silenziose e lente nell’aria fresca e vuota della notte, lasciare vagare lo sguardo con una sensazione di superiorità. Su tutti gli altri disattivati dal sonno.

“C’è di che essere contenti” dice “quando si è gli unici svegli. Immagina se la gente scoprisse com’è bello starsene alla finestra di notte. E se tutti lo facessero e si mettessero lì a guardare. Non sarebbe più la stessa cosa.”

Quando gli altri dormono si possono inventare dei giochi, dice Daniel. Ci si può dire: ok, facciamo finta che io sia l’unico sopravvissuto. Evvai, sono sopravvissuto. Sono un eroe. Cosa faccio adesso che sono l’unico sopravvissuto?

“Ovviamente, nella migliore delle ipotesi non si fanno monologhi” continua. “Nella migliore delle ipotesi c’è qualcuno alla fermata dell’autobus che si rende conto di essere l’unico ancora sveglio. Di essere speciale.”

"Oppure c'è qualcuno che suona alla porta" dico io.

"Ecco, questo più che altro mette in allarme" dice Daniel.

Mi accomiato. Raggiungo la fermata dell'autobus e lo saluto con la mano. Ma lui non fa nessun cenno di risposta. Si limita ad annuire esitante, poi si volta e non lo vedo più.

FEDORA

Un sabato, alle 2 e 02

Con Fedora non scambio neanche una parola. Tutti i miei tentativi di spiegarle perché ho suonato sono falliti. Stiamo in silenzio una di fronte all'altra nel vano della porta e ci guardiamo. Nel corso della mia missione mi sono trovata spesso in situazioni del genere. Qualcuno apre e si capisce subito che non abbiamo una lingua comune. "Sorry, sorry" si dice al massimo, e già la porta si richiude. Ho visto tante paia di occhi balenare e sparire. Come animali in un bosco di notte, i cui volti vengono illuminati per pochi secondi dai fari di un'automobile di passaggio. Lì, una volpe. Ed è già andata via. E anch'io sono via.

Con Fedora è diverso. Lei non chiude sbattendo la porta. Aspetta. Io tiro fuori dalla tasca della giacca il mio diario e una matita e sfoglio freneticamente le pagine in cerca di una vuota. Poi disegno alcune stelle e una falce di luna perché non mi viene in mente niente di meglio. Le mostro il foglio e con la mano destra indico prima lei e poi me, e faccio con le dita il gesto di un becco che starnazza: il che dovrebbe significare "notte", "parlare", "tu e io". Non capisce. Fa spallucce. Poi preme i palmi delle mani uno contro l'altro, ci appoggia un orecchio e chiude gli occhi. Mi indica col dito e ripete il gesto. Che significa? Che devo andare a dormire?

"No, no, io voglio parlare" insisto, scuoto la testa e ripeto i miei gesti. Ma rimaniamo un enigma l'una per l'altra.

Ci guardiamo impacciate. Sto per desistere, ma lei è sempre ferma lì e mi osserva. Poi mi fa cenno di entrare.

Attraversiamo un corridoio buio e arriviamo in un soggiorno angusto. Il mobile del televisore sembra fatto apposta per una stanza col soffitto spiovente. Qui però non c'è nessun soffitto spiovente. Se ne sta monco in mezzo alla camera. Davanti, un divano rosa e un vecchio tavolo col piano in piastrelle di maiolica sul quale, dentro a delle scodelline di plastica, ci sono bucce di arachidi, uva passa e caramelle avvolte in un lucente incarto marrone. C'è odore di spezie indiane e un po' di incenso. In un angolo della stanza, a terra, c'è un pallone. Fedora mi guarda. Mentre io mi guardo intorno. Mi fa di nuovo cenno di avvicinarmi. Devo seguirla. In corridoio inciampo su un paio di scarpe da bambino. Con un gesto della mano mi indirizza in cucina, dove apre il frigorifero e mi mostra diverse bevande. Succo d'uva, acqua, birra, succo di carota. Io indico il succo d'uva. Me ne versa un bicchiere, per sé prende quello di carota. Poi beviamo. Continuiamo a guardarci e sorridiamo incerte.

Mi torna in mente l'immagine della volpe illuminata di notte dai fari di un'auto. Nessuna di noi due adesso è la persona in macchina, siamo entrambe volpi curiose che si incontrano per caso nel bosco e rimangono per un po' nello stesso posto prima che le loro strade si separino per sempre. Armeggiamo con i suoni: "Ehm?", "Uh?", per di qua, per di là?

Poi torniamo in soggiorno. Lei mi fa segno di prendere posto e si siede accanto a me. Ogni tanto dice una parola che rimane come sospesa nell'aria, io posso osservarla, leggerla e rileggerla, ripetermela mentalmente. "Ubirschje". Come un pezzo di poesia o un sapore esotico. Che potrebbe significare? Non so nemmeno che lingua sia. Polacco? Sul campanello c'è scritto Fedora Solowjow. Forse è russa? Do un'occhiata in giro. Non vedo nessun segno grafico che possa darmi informazioni. Nemmeno una guida tv o un cruciverba. Poco prima, quando ho sentito l'odore delle spezie, ho creduto per un attimo che venisse dall'India. Che stupidaggine. Potrebbe essere però. Può darsi che sia cinese e abbia semplicemente un nome russo o dell'Europa dell'Est e ami le spezie indiane. La guardo di nuovo di sottecchi. Ha folti capelli scuri con qualche ciocca grigia. Anche la pelle è scura, e spessa. I suoi occhi sono leggermente obliqui, come nelle foto di nomadi mongole. Tutto può essere. Magari qui ci vive un'altra persona e il nome sulla porta non è neppure il suo. Prendo dalla tasca il mio diario e la matita. Sotto la falce di luna e le stelle scrivo: "Russia?"

"Da, da!" esclama annuendo. Si alza e, da sotto alcune videocassette senza custodia appoggiate sul davanzale, tira fuori una carta geografica. La apre. Un planisfero. Il suo dito si sposta sempre più verso destra. Si ferma poco prima della Cina. "Chabarovsk."

"Così lontano" dico.

Lei punta il dito su di me. Io guardo il planisfero. Tutti luoghi nei quali sarei potuta nascere. Potrei anche indicare un punto in mezzo al niente. Poi mi rendo conto che per lei Chabarovsk non è affatto un punto in mezzo al niente. Con ogni probabilità è addirittura il centro del suo mondo. Dov'è il centro del mio mondo? Le mie dita si spostano verso la costa sudorientale del Madagascar oppure sul "Gulf of Aden". E come la mettiamo con quelle isole là in basso di fronte all'America del Sud, dove il mondo termina nel nulla, la South Georgia e le isole Sandwich? Oppure là dove i tratti di terra hanno nomi di principi e principesse? Terra della regina Maud, della regina Vittoria. Da bambina stavo spesso distesa a pancia in giù con l'atlante davanti ed esploravo il mondo con un dito. Credevo che in Antartide cominciasse la Terra della Fantasia, dove succede tutto quello che si racconta nelle favole e nei fumetti. Adesso mi piacerebbe indicare proprio quel punto.

Fedora mi guarda con aria interrogativa. Ci mette un bel po', starà pensando. Va bene. Europa. Indico la punta settentrionale di Rügen. "Glowe" dico.

"More" dice lei, e: "Abschirni." Che cosa significa? Decido che significa "da sola in un mare paludoso, lontana da tutto". Annuisco.

Fedora ripone la carta geografica nello scaffale e apre un armadietto. Tira fuori una bottiglia priva di etichetta e due bicchierini. Li appoggia sul tavolo davanti a noi e versa. Un liquore alla prugna. Lo riconosco dall'odore. Cade anche mezza prugna nel bicchierino. Brindiamo. Lei sorride. Io addento la prugna, ne succhio la polpa.

Quando abbiamo finito di bere devo alzarmi. Lei smuove e scuote il divano finché fa clac, e sedile e schienale diventano un materasso. Poi apre un cassetto sotto il divano per prendere una coperta di lana e un cuscino. Il liquore mi brucia in bocca.

Indica il letto – e alternativamente lei e me.

Dobbiamo stenderci adesso?

Io o lei? Non capisco.

Indica di nuovo sé stessa, poi me e con le mani fa il gesto di dormire. Io scuoto la testa, dico "no, no, thank you, thank you", piego indice e medio come fossero gambette e corro con quelle per il tavolo. Significa "me ne vado", ma lei sembra non capire.

Poi all'improvviso si sente "hic". Fedora si gira verso la porta.

"Hic". Un viso infantile emerge dal buio del corridoio. Una bambina. Forse di quattro anni. Ha capelli scuri e ricci, pelle scura e occhi come grandi biglie bianche. Ha messo un piede sull'altro e sta appoggiata con una spalla alla porta aperta.

"Aiii" dice Fedora e poi qualcosa di lungo che non capisco.

"Mamma" dice la bambina e mi guarda timida con la coda dell'occhio.

Fedora la prende in braccio e le accarezza la testa. Preme il suo naso contro il nasino della piccola, che storce la bocca e si dimena sulla nuca di Fedora. Fedora la porta fuori, io le vado dietro. Lei apre la stanza accanto alla cucina. È ancora più stretta del soggiorno, c'è appena lo spazio per un lettino da bambino e un letto normale. Alle prese della corrente, spine con piccole lampade a forma di mezzaluna. Nel lettino dorme un altro bimbo, è minuscolo, e nel letto normale un terzo, più grande, forse di sette anni. Fedora adagia di nuovo la bimba che si è svegliata nel letto grande, accanto all'altro bambino, la bacia tre volte di seguito sulla fronte e le sussurra qualcosa. Poi esce in punta di piedi dalla stanza, accosta la porta e mi risospinge in soggiorno.

Ecco qua, penso. Dorme in soggiorno perché nell'altra stanza ci sono i bambini e, tra la cucina e il piccolo bagno, non c'è altro spazio. E adesso vuole dividere il suo letto con me. Quasi mi dispiace di aver rifiutato la sua offerta. Che penserà di me? Cosa crederà che io stia pensando?

Prendo un foglio e scrivo in inglese il motivo della mia visita. La ringrazio di avermi invitata a dormire da lei, della prugna e del succo d'uva. Le porgo il biglietto. Forse può farlo tradurre da un conoscente. Lei lo fissa. Io lo giro, ci disegno sopra un cuore e un punto esclamativo e indico prima lei poi me, e muovo di nuovo le dita come se corressero. Prima di lasciare l'appartamento prendo la sua mano tra le mie e la stringo forte.

HARDY

Un lunedì, all'1 e 03

Le finestre sporgenti di un attico. Passandoci sotto si guarda con desiderio verso l'alto. Si pensa: anche io vorrei vivere così, al mattino berrei un espresso nero da una vecchia caffettiera d'argento, un grammofono suonerebbe gracchiando musica jazz e sulle tavole di legno danzerebbero i primi raggi di sole.

Il meccanismo apriporta emette un ronzio. Di sopra c'è un uomo in jeans e t-shirt. Occhi a mandorla mi scrutano, più in basso una barba brizzolata e ancora più in basso un po' di pancetta. Racconto in fretta perché ho suonato, lui mi fa entrare.

Da un piccolo vestibolo si passa nell'ambiente con le grandi finestre, a sinistra c'è una cucina componibile con un massiccio ripiano in legno. Su un piccolo termosifone si stanno asciugando delle bucce d'arancia, ne sento l'odore. Attorno all'angolo di destra pende una grande tenda di lino. Lì dietro deve esserci il letto. E libri ovunque. Non sugli scaffali, bensì ammonticchiati sul pavimento fino all'altezza delle ginocchia lungo tutte e quattro le pareti. In mezzo alla stanza un tavolo bianco quasi completamente ricoperto di quaderni, alcuni sono aperti ma non riesco a decifrare la scrittura, fitta e malferma.

Prendiamo posto su due sedie blu. L'uomo si chiama Hardy, è un dentista in pensione da un anno. Ha avuto da tre matrimoni quattro figli ormai adulti. Hardy vive solo. Di notte ordina e smista il suo passato. I quaderni sul tavolo sono diari. Ha cominciato a ventidue anni a scrivere regolarmente. A dire il vero, voleva bruciare tutti i diari prima del trasloco.

"Ma mi è sembrato di cattivo auspicio, era come bruciare la mia vita" dice, e probabilmente lo pensa sul serio anche se nel dirlo fa un sorrisetto ironico.

"Ho documentato ogni singolo litigio, ogni gravidanza, tutto" dice.

Mentre scriveva la qualità letteraria non gli interessava, e infatti gli avvenimenti sono annotati solo per sommi capi.

"Ho sempre avuto paura che alla fine della vita non rimanga niente" dice.

Un pezzetto dopo l'altro sceglie i passi più importanti dei suoi diari per ricomporli un giorno in un insieme organico. Vorrebbe spedirne una copia a ciascuno dei suoi figli. Non è quasi più in contatto con nessuno di loro, è andata così, altro non vuole aggiungere.

"La notte è perfetta per mettere in ordine e smistare" ripete con convinzione. "Perché perdo la cognizione del tempo, nessuno mi disturba e mi sento meno vulnerabile."

Che l'oscurità possa essere opprimente lo sa fin da bambino, ma con gli anni questa sensazione si è persa. Ormai considera la notte come uno spazio tranquillo nel quale agire liberamente e inosservato.

Stende le mani, infila gli indici tra le grezze fessure del tavolo e dice: "Credo che di notte si possa diventare saggi."

Soltanto ora che è in pensione ha realizzato che la notte esiste come un secondo spazio percorribile accanto al giorno. Chi al mattino si alza presto è costretto a dormire di notte. Hardy non deve più sottomettersi a certi ritmi. Dorme quando è stanco. Se avverte la solitudine o l'irrequietezza, accende la radio e la sintonizza su una stazione straniera. Gli dà la sensazione di quanto grande sia il mondo e di quanto piccole siano le sue preoccupazioni personali. C'è sempre un posto dov'è giorno, c'è sempre un posto dove qualcuno fa un buon programma.

Qualche volta si addormenta soltanto al mattino, e allora la sua giornata comincia alle due del pomeriggio. Non gli interessa sapere quante luci là fuori siano ancora accese a una certa ora del giorno e perché.

"Non prendertela," dice "sono stanco e vorrei scrivere ancora un po' prima di mettermi a letto."

"Ok" dico. "Devo andare, in ogni caso."

Mi piace fare come se avessi impegni importanti da sbrigare. Trovo che mi dia un'aria decisa.

Mi alzo e mi avvio spedita verso la porta. La apro e mi giro ancora una volta. Hardy rimane seduto, solleva una mano per salutarmi, sorride brevemente e dice: "Grazie."

CHIARA
Un venerdì, alle 4 e 51

Terzo piano, porte-finestre alla francese, una è aperta. Luce gialla. A una parete pendono disegni incorniciati. Una musica a basso volume arriva giù fino da me: *More than this, you know there's nothing more than this...* Riconosco la melodia. È la canzone con cui Bill Murray e Scarlett Johansson fanno il karaoke in *Lost in Translation*, lei ha una parrucca rosa in testa e dopo viaggiano in taxi per la notte di Tokyo.

Di sopra, sulla porta, c'è Chiara. Dice subito: "Salve, sono Chiara." I suoi capelli scuri sono raccolti all'indietro e coperti dal cappuccio di una larga felpa grigia. Indossa blue jeans stretti, col primo bottone aperto, e una t-shirt bianca di taglia XL infilata dentro.

L'appartamento in pratica è un monolocale, dritti si va in cucina, a sinistra c'è il bagno, a destra la stanza di Chiara. Un consunto parquet, i cui listelli formano un motivo a cubi. Accanto alle porte-finestre aperte è appoggiata a terra una coperta di lana color paglia con sopra una pelle di pecora bianca. Lì accanto, due candele e una piccola cassa wireless che diffonde la musica. Quando entriamo sta cominciando una nuova canzone, una donna canta: *You know that it hurts me when you don't come home at night...* Non la conosco.

Su un materasso è appoggiato un vecchio iPod, collegato a un cavo di ricarica. Accanto al letto una grossa lampadina con un filo rivestito di stoffa rossa che dovrebbe evidentemente pendere dal soffitto, dove è agganciato, soltanto che il filo è troppo lungo.

Sul pavimento c'è un piatto con i resti ormai secchi di una salsa, alcune posate e le coppette vuote di tre Frùttoli. Sulla parete di sinistra, uno scaffale bianco, occupato per metà da libri, per metà da un gran numero di riviste, alcune ingiallite, la maggior parte con la copertina a faccia in giù, così non si riesce a capire che giornali siano.

La cornice alla parete inquadra diversi disegni dai tratti delicati, onde, segni confusi, due torsi visti da dietro.

Ci sediamo sulla coperta accanto alla finestra. Chiara appoggia la testa alla parete, e intanto si tira il cappuccio della felpa sul viso.

"Oggi è stata una giornata di merda" dice. "È tutto il giorno che sono triste."

È proprio uno di quei giorni in cui si viene assaliti dalla tristezza, dice Chiara. Quando non c'è niente che funzioni perché tutto è tremendamente faticoso: troppa gente per strada, troppo rumoroso il mondo, persino il brusio ordinario del mondo nelle tue orecchie è troppo forte. Al momento è senza lavoro. E la nonna è morta. E il padre ha dimenticato che è il suo compleanno. E la madre non è qui. In realtà, sua madre qui non c'è mai. Dieci anni fa, dopo aver divorziato dal padre di Chiara, è tornata in Italia e ha ricominciato a lavorare nel ristorante dove aveva già fatto la cameriera ai tempi delle superiori. Sua madre si fa sentire di rado, dice Chiara. La cosa le va più che bene, perché tanto non si capiscono.

Fuori passano schiamazzando alcuni giovani. Una ragazza strilla. Un vetro va in frantumi sulla strada. Poi le voci si disperdono in lontananza. Chiara dà una spinta con la mano alla porta-finestra aperta, chiudendola.

"Sono contenta di non dovermene stare là fuori. Amo il mio appartamento. Non esco volentieri. Preferisco essere sola. Essere sola è un po' il mio stato primigenio, non ne conosco altri."

Quando i genitori di Chiara si separarono la madre tornò in Italia, ma non solo: anche il padre, un costruttore di imbarcazioni, tornò dalla sua famiglia a Brema. Rimase Chiara. Non voleva andarsene, anche se non c'erano amici che avrebbero potuto trattenerla. A un certo punto la nonna di Chiara si mosse a compassione, dall'Italia venne a Monaco e si trasferì con l'allora bambina di dieci anni in una specie di alloggio comunitario. Tempo dopo Chiara abbandonò la scuola e cominciò a lavorare per alcuni film. La nonna l'ha incoraggiata. Il padre, se l'avesse saputo, sarebbe andato su tutte le furie. A sua madre non sarebbe importato niente, dice Chiara.

Se qualcuno le chiede cosa fa, dice di essere aiuto regista. Circa ogni due mesi accetta un incarico, lavora per un certo periodo dopodiché ha di nuovo qualche mese libero. È un buon ritmo di lavoro, trova, è vero che ci sono fasi in cui bisogna muovere il culo ogni giorno – ma alla fine si fanno un mucchio di soldi. "Questo mi salva per i prossimi sei mesi e io posso riprendere un po' il fiato."

In quei periodi legge, dorme, ogni tanto scrive qualcosa. Niente che possa interessare a nessuno, dice. Soltanto sue considerazioni sugli esseri umani e la vita. "Quello che faccio non ha molto senso, perché il novantanove percento di ciò che scrivo l'ha già scritto qualcuno più intelligente di me. Poco fa ho letto un'intervista a Susan Sontag; mentre la leggevo pensavo tutto il tempo: aha, ok, questo l'ho già pensato anch'io. Perché ci sono così tanti cervelli al mondo, se poi tutti pensano le stesse cose? E perché alcuni diventano famosi e altri no? Non lo capisco."

Vuole rimanere nel cinema fintantoché dura. Confida sul principio di casualità, mi dice. Prima o poi arriva qualcosa che non ci si aspettava affatto, e poi la vita continua da un'altra parte, ne è convinta.

Le vecchie amiche di scuola di Chiara e anche suo padre dicono spesso: "Ah, Chiara! Tu hai bisogno di un piano. Adesso sei giovane, ma prima o poi perderai il bonus-gioventù e allora sarai una donna di mezz'età e nessuno ti prenderà sul serio. E allora avrai tre gatti e un numero presso l'ente assistenziale, e sarà tutto."

Chiara chiude le mani a pugno, le preme contro le tempie e sospira. "Che stronzate, no? Insomma, i piani possono farli tutti. Ma nessuno può influenzare il destino, e allora a che serve, dimmi, pianificare? Quando mi fanno domande così stupide mi limito a dire: 'Amici, il mio piano è di andare un giorno in Italia e aprire un negozio alla moda come se ne vedono soltanto a New York'."

Si scosta il cappuccio, infila una mano sotto la coperta di lana come se cercasse qualcosa e tira fuori un pacchetto di Gauloises rosse. Si piega verso la candela e si accende la sigaretta.

"E poi, che abbia i soldi oppure no, mi ricorderò sempre per tempo del compleanno dei miei bambini. Preparerò un biglietto e ci infilerò dentro qualcosa oppure mi inventerò qualcos'altro che possa renderli felici. Farò così."

Lascia cadere la cenere sulla candela.

"Ma perché ti ho raccontato tutto questo?" Non si deve credere che lei sia una creatura triste. Al momento, dice, si sente depressa soprattutto perché la nonna è morta, e sua nonna era l'unica persona *cool* di tutta la famiglia. E oggi è stata una di quelle giornate in cui sarebbe andata volentieri a trovarla al suo banco per farle un po' compagnia. Perché sua nonna, dopo essersi trasferita a Monaco per Chiara, lavorava come fruttivendola.

Quando non c'erano riprese, Chiara spesso sedeva per ore dalla nonna sotto il tendone di plastica. "Mia nonna non aveva un legame stretto con sua figlia, esattamente come me con mia madre. Eppure non ha mai parlato male di lei in mia presenza. 'Tu devi vivere la tua vita, sei molto più forte di lei' si limitava a dire ogni volta che cominciavo a lagnarmi."

Il nonno di Chiara, marito di sua nonna, era morto di tumore alcuni anni prima che la donna si trasferisse a Monaco. Dopo non era diventata una persona solitaria, dice Chiara, ma era per l'appunto sola. E talvolta se ne lamentava. Non in modo insistente, soltanto con mezze frasi. Finché un giorno passò per il suo banco un orologiaio. Un uomo alto, affabile, dice Chiara, della stessa età di sua nonna, settantotto anni. Anche lui aveva perso la moglie. L'uomo tornò più volte. E una bella sera uscirono insieme a cena.

L'amico della nonna di Chiara però è morto improvvisamente un anno fa. Pure lui di tumore. È successo tutto molto in fretta. Dopodiché, lei ha smesso di fare la fruttivendola. "Sono troppo vecchia in ogni caso" ha detto. E nei suoi occhi è venuto a mancare quel fulgore che a Chiara era sempre piaciuto tanto. Da allora, la nonna è rimasta seduta in poltrona a fissare il vuoto, lei che prima alle cinque del mattino era già ai mercati generali a contrattare sul prezzo di frutta e verdura. In quel periodo Chiara era in Francia per girare un film. Quando è tornata sua nonna era morta.

La musica si interrompe. Chiara si alza, si avvicina al letto, prende l'iPod, lo sfiora, clicca e la musica riprende. Questa volta un pezzo italiano. "Lo conosci?" chiede. "L'ascoltavo con mia nonna quando bevevamo l'amaretto nei giorni di pioggia sotto il telone del suo banco. Era l'unica canzone che aveva sull'iPhone, gliel'avevo comprata io. *Forever* di Antonello Venditti."

Il corpo della nonna di Chiara è stato trovato dalla polizia. Una vicina si era preoccupata.

"Ha sciolto non so quante pastiglie in mezza bottiglia di amaretto e se l'è bevuta d'un fiato. Poi, o forse l'aveva già fatto prima, ha avvicinato una sedia alla finestra, ha appoggiato le gambe al davanzale, si è messa gli occhiali da sole e si è addormentata. Te lo immagini? L'hanno trovata proprio così, con gli occhiali da sole sul viso." Chiara ride. "E mi ha lasciato una lettera. Le giaceva in grembo e c'era scritto: 'Chiara, io qui ho finito. Rimani come sei e va' per la tua strada, non ho mai dubitato di te in tutta la mia vita e non ho mai conosciuto nessuno di così indipendente. Non potrei essere più orgogliosa di te. *Ci vediamo, amore!*' Mentre la leggevo mi veniva da piangere e ridere al tempo stesso. Non ce l'ho con lei. La capisco fin troppo bene."

Chiara si accende ancora una sigaretta. La fuma piano e con gusto. Butta fuori il fumo indirizzandolo sempre leggermente verso l'alto e guardandolo a lungo.

"Ma non ti ho ancora raccontato niente della notte" dice, e con la mano libera prende una ciocca di capelli da sotto il cappuccio, la gira attorno a un dito e si mette le punte in bocca. "Allora: sono sveglia perché ho avuto una brutta giornata, mi sono addormentata alle nove davanti a un documentario sulla natura. Guardo volentieri trasmissioni simili, mi tranquillizza come tutto sia parte di un sistema. Come i piccoli di balena vengano divorati e nessuno possa farci niente perché è così che va il mondo. Come nascano uccelli storpi, come muoiano i pesci, quanto sia blu e poderoso l'oceano, quanto sia nera la notte sopra il Polo Nord. Quanto disparati siano i pesci degli abissi, alcuni perfino con dei lampioncini. Soprattutto, ci si può arrendere con dignità all'evidenza. Poi mi sono risvegliata all'una e mi sono fatta una pastasciutta. E adesso non riesco più a dormire. Riesco solo a pensare a mia nonna. Mi sarebbe piaciuto parlare un po' di più con lei. Avrei dovuto interrompere quelle stupide riprese per consolarla. Però non potevo immaginare che lei, che è sempre stata al di sopra di tutto, si sarebbe suicidata così all'improvviso."

Chiara si porta la mano destra alla nuca, afferra il cappuccio e se lo tira di nuovo sulla testa. Poi spegne la sigaretta sulla candela, si alza e raggiunge con due passi lo scaffale dei libri. Prende qualcosa da dietro una fila di volumi. Me lo mostra. Un paio di occhiali da sole. Se li infila. Si riaccuccia. Gli occhiali coprono quasi tutta la metà superiore del suo viso. Mi guarda ghignando.

"Sono questi gli occhiali. A dire il vero, volevo metterli a lei, nella bara, ma che cazzo, ho pensato, tanto viene tutto bruciato. È una sensazione strana, metterli e pensare che mia nonna ha visto le ultime immagini della sua vita attraverso queste lenti."

Appoggia le mani all'inferriata, tira sé stessa e, insieme, la pelle di pecora sotto i suoi piedi avvicinandosi alla finestra, come se lei e la pelle di pecora fossero tutt'uno: Chiara si muove come su una nuvola. Con gli occhiali sul naso guarda verso il cielo. "Wow" dice, e rimane così per un pezzo. Poi si gira verso di me e si toglie gli occhiali.

"Vuoi provare anche tu?"

Faccio sì con la testa. Mi metto gli occhiali. E mi chiedo come sarebbe se morissi in questo momento.

KATY

Un mercoledì, alle 2 e 33

La casa si trova a un incrocio nelle vicinanze di un piccolo parco. È vecchia e senza pretese. La luce del lampione mette in evidenza striature di polvere e sporco sui vetri della finestra, una luce color giallo spento è accesa dietro alle tende chiare. Davanti, alcune piante verde scuro, dall'aspetto rinsecchito, in vasi colorati. Una finestra dietro la quale si immagina una persona anziana che non aspetta più visite, e vive tra poltrone ormai fuori moda in un appartamento che a poco a poco si fa sempre più polveroso.

Mi basta suonare una volta sola, e risponde al citofono una chiara voce femminile. Sembra un po' roca ma molto giovane. "Ma certo" dice senza esitazione quando le chiedo se posso entrare, come se fossero le tre del pomeriggio e lei mi aspettasse per un caffè.

Senza trucco e assonnata, se ne sta poi sulla soglia del suo appartamento al secondo piano, piccola, non così giovane come credevo, forse sulla trentina, bassina e cicciottella, ma non grassa. Porta occhiali con la montatura nera, una t-shirt grigia sformata e boxer a quadri blu. I capelli castani le arrivano fino alle orecchie e sono leggermente schiacciati ai lati, come se avesse tenuto troppo a lungo la testa sul cuscino.

"Katy" dice, mi porge sorridendo la mano e mi fa cenno di entrare passandole accanto.

Dopo un breve corridoio, gira a sinistra nella sua stanza, superando uno sgabuzzino con la porta aperta. Uno stendibiancheria, un secchio, detersivi, un aspirapolvere, tutti gli umili oggetti necessari ai lavori di casa sono sparsi sul pavimento. Sopra, un logoro zaino blu da escursionista.

Nella sua stanza, un pavimento in laminato chiaro sul quale regna parimenti il disordine. Indumenti ovunque, una ciabatta infradito spaiata, un jeans sfrangiato, un pullover ricoperto di palline formate dalla sua stessa lana, calzini, fogli spiegazzati, un nastro adesivo per bagaglio aereo, MUN-HEL, mezzo strappato. Si avverte l'odore del disordine, dolciastro e come di paglia, che esalano i vestiti indossati e poi smessi, l'acidità bruna del torsolo di mela lasciato ad annerirsi sul davanzale della finestra, la puzza dei calzini usati e l'aridità delle piante rinsecchite dietro le tende. Su una scrivania in legno di betulla, tutta scarabocchiata come da annoiate mani infantili, ci sono scatoloni pieni di foto e cartoline, di alcune si vede il retro: senza alcuna scritta o con soltanto poche parole, e tutte in fila, ma sono troppo lontane perché io possa leggere qualcosa.

Alla parete dietro la scrivania è appeso un planisfero leggermente ingiallito e arrotolabile, di quelli usati alla scuola elementare per le lezioni di storia e geografia. Ci sono appuntati così tanti spilli che non si riesce più a riconoscere i diversi paesi, l'Europa ne è completamente coperta, ma anche gli Stati Uniti sono fittamente popolati di spilli, e persino le zone del planisfero che per via della loro estensione e della mancanza di metropoli ci si immagina sempre come una tundra sterminata e muschiosa, la Russia orientale, la Groenlandia, l'Alaska – pure questi paesi sono cosparsi di spilli.

Quando le chiedo se è stata in tutti questi posti, annuisce sorridendo come chi riceve sempre lo stesso complimento e ogni volta se ne rallegra con immutata naturalezza. Perché no, dice il suo sguardo, e io penso: non so, ma è proprio tanta roba.

Stranamente Katy non ha l'aspetto della viaggiatrice di mezza età. Non dà l'impressione di essere agile o forte, allenata, rude. A parte il bagliore nei suoi occhi, Katy sembra una persona goffa e un po' pigra che al massimo raggiunge una volta l'anno un villaggio turistico in Thailandia e trascorre là dieci giorni ciabattando tra il minigolf e l'amaca.

Katy chiede il motivo della mia visita. Non devo fornire grandi spiegazioni perché non mi pare un tipo sospettoso, annuisce veloce e con approvazione come a dire: è giusto così, certe cose bisogna farle nella vita. Ci sediamo sul letto, che non ha nulla dell'intimità o piacevolezza di un posto dove si dorme. Stoffe e coperte colorate sono ammucchiate una sull'altra come gli strati di una cipolla. Il letto di Katy è un mobile multifunzionale. Un appartamento intero in due metri quadrati: letto, divano, tavolo, incerata, coperta da picnic, spazio per gli ospiti.

Katy è la figlia di un'insegnante americana di lingue straniere e di un elettrotecnico tedesco, di Bonn. Lavora nella segreteria di una scuola media, non ha marito né amante, soltanto pochi conoscenti dei tempi della scuola che vede una volta l'anno alle rimpatriate di classe. Qualche volta, alle feste della scuola, beve un bicchiere di vino con i suoi colleghi, ma la sua vera casa, dice, è il mondo. Durante le vacanze e a ogni weekend lungo, nella Baviera cattolica ce ne sono molti, prende e va in un posto diverso.

Risparmia, non esce quasi mai, non mangia nemmeno alla mensa scolastica e si porta ogni giorno qualcosa da casa che poi riscalda nel forno a microonde della cucina della segreteria. Spesso fa delle gite anche nei fine settimana. Parte venerdì sera e torna domenica notte col treno. Poi all'alba si avvia dalla stazione verso il suo piccolo appartamento buio, segna con uno spillo il luogo che ha appena visitato, fa una doccia veloce e raggiunge in bicicletta la scuola, dove si siede sulla poltrona rossa accanto alla signora Steffensen, una ragioniera. Katy prova simpatia per la signora Steffensen e ama il suo lavoro. Le piace quando i bambini entrano in segreteria portando i certificati medici. Le piace il lavoro d'ufficio, che è semplice, facile, ed è sempre un po' come se si giocasse a cosa farò da grande: rispondere al telefono, affrancare lettere, archiviare cose, allestire patatine e bevande per le riunioni dei professori, fare convenevoli, ogni tanto preparare un caffè.

Katy riscuote sempre ammirazione quando racconta dei suoi viaggi. Ma talvolta a questa ammirazione si mescola una nota di scetticismo, e questo non le piace. Effettivamente, durante una recente festa della scuola, un collega che a lei tutto sommato era sempre stato simpatico dopo tre, quattro bicchieri di vino ha espresso questo scetticismo compassionevole. Ha detto: "Quello che fai è fantastico, ma non ti manca qualcosa? Nessuno viaggia così tanto! Non hai mai pensato che potrebbe anche essere una fuga, un riflesso, una compensazione? Forse quello che hai qui non ti basta. E in ogni caso, sei troppo qualificata per questo lavoro."

In effetti tutti sanno che Katy ha un dottorato in scienze politiche. A Katy non interessa. Lei vuole un impiego poco impegnativo e uno stipendio sicuro, per il resto vuole viaggiare. Ma non viaggiare per poi raccontarne o scriverci sopra o ricavarne un profitto. Viaggiare per viaggiare. Il voler essere apprezzati a tutti i costi le dà sui nervi. Non si tratta soltanto dei colleghi. O dei genitori a Bonn. Sono anche gli altri viaggiatori. Quando Katy racconta di tutti i posti dove è stata rimangono colpiti. Ma quando racconta del lavoro che fa per guadagnare i soldi che le servono a viaggiare, di colpo si imbarazzano e dicono quasi infastiditi: "Wow", "Veramente?" oppure "Interessante, che cosa insolita!"

Non capiscono perché una donna come Katy, con una tale passione per i viaggi, nella vita per così dire reale si dedichi all'attività di segretaria. Forse questo fa di me una persona noiosa?

si chiede Katy qualche volta. Oppure, peggio ancora, sono noiosa? Ma lei sa che certi pensieri sono autodistruttivi e non se li deve concedere. Perché il desiderio di salire su un mezzo di trasporto che la conduca in un altro luogo, in un luogo dove non ha ancora messo piede, non cessa mai, dice. Lei non vuole una vita diversa. Per lei non esiste una vita diversa. Non vuole nemmeno un altro lavoro.

Nulla deve più disturbare i suoi sonni di notte e impedirle di godersi un viaggio. Le è accaduto in particolare nel periodo in cui scriveva la tesi di dottorato. Prendeva pastiglie che stimolavano la concentrazione, beveva troppi caffè, dormiva male e poco. Una volta, per un fine settimana andò a Lubiana e fu come se tra lei e la città visitata ci fosse una spessa parete di plexiglass. Katy non sentiva più gli odori né la luce, non sentiva il gusto dei cibi e respirava a fatica. Sudava, aveva male agli occhi, soffriva a causa dei suoi pensieri, della sua ambizione, soffriva a causa di tutto. Un mese dopo, quando finalmente consegnò la tesi, si ammalò di mononucleosi, e per riprendersi le ci vollero dodici settimane. Dopodiché chiuse con l'università. Si presentò per un impiego presso la segreteria della scuola, e fin dal primo giorno di lavoro sentì di poter respirare di nuovo liberamente.

Ma viaggiare non logora mai? le chiedo. L'eccitazione, la gioia prima di partire, l'arrivo in un posto nuovo. Immagino che forse a un certo punto ci si stanchi.

Katy dice: "Sì e no." E poi, più decisa: "No." Non ci si stanca. È vero che va sempre più o meno allo stesso modo: sei da qualche parte e compri uno spazzolino da denti e uno shampoo, cerchi un ristorante e alzi lo sguardo verso le facciate degli edifici. Nel frattempo, Katy si è così abituata a essere in un luogo sconosciuto che la cosa è diventata per lei uno spazio noto, familiare: sentirsi estranea è per lei una sensazione normale. Eppure è ogni volta tutto nuovo. I piccoli dettagli sono nuovi. I prodotti nei supermercati. La gente per le strade. Dice: "Vedi le persone venirti incontro dalle loro vite diverse e proseguire per la propria strada, qualcuno lava la biancheria in una bacinella rossa nel cortile tra due caseggiati e tu non conosci altro di lui, puoi farti qualche idea sul suo conto ma non saprai mai chi sia veramente."

C'è qualcosa di indelebile in attimi del genere. Ovunque guardi accade qualcosa. Forse succede anche il giorno dopo o magari in modo analogo in un altro luogo, ma non rimane mai uguale. Si possono vivere simili momenti anche nella propria città, dice. Per questo non sarebbe necessario viaggiare. Basterebbe un certo tipo di sguardo, lo sguardo "famelico". Ma per Katy va aggiunta una cosa. Ama collezionare. Collezionare luoghi, appuntare spilli sul planisfero. Nel tentativo di superare i propri limiti. Con la speranza di riuscire forse a essere stata dappertutto, a dispetto della consapevolezza che è impossibile. Ma si può tentare. E proprio in questo risiede un'euforia che si rinnova all'infinito: qua ci sono già stata, qui ancora no. "Quasi da borghesucci," dice "come un nonno che colleziona monete."

Con un'ambizione quasi disperata Katy viaggia per il globo terrestre. Già da bambina, accovacciata davanti all'atlante, si spaventava pensando ai posti del mondo in cui non avrebbe mai messo piede. Perché una vita intera non basta.

"È strano," dice "tu credi, e lo credi specialmente da bambina, che tutto sia possibile e realizzabile, basta volerlo, ma una cosa l'ho sempre saputa: non è possibile essere stati dappertutto. Anche se campi cent'anni. Questo pensiero mi perseguita: non metterai mai piede dappertutto. Mi perseguita ovunque io vada. Anche quando viaggio in treno attraverso le Alpi, percorse da sentieri e accessibili a chiunque. Alzo lo sguardo verso le montagne, là dove crescono alberi sulle rocce ripide, e penso: ci sono così tanti esseri umani, e da così tanti secoli, eppure è molto probabile che in quel punto là sopra non si sia mai spinto nessuno, e forse rimarrà così per sempre."

Mentre Katy parla penso agli abissi, alla fossa delle Marianne, a tutte le metropoli di roccia vulcanica e alghe là sotto, così diverse dalle nostre. Popolate da creature più grandi di una balenottera azzurra e più luminose della luce del sole.

Katy non va mai due volte nello stesso posto. È una scommessa che ha fatto con sé stessa: hai solo questa vita, tirane fuori il massimo.

C'è un'unica eccezione: Amburgo. Sullo spillo di Amburgo c'è un minuscolo adesivo bianco con sopra un diciassette, scritto col Fineliner. C'è stata già diciassette volte. Per Amburgo le basta un giorno solo, al mattino andata, alla sera ritorno. Percorre il vecchio tunnel sotto l'Elba e, una volta raggiunta l'altra parte, si siede sul muro lungo il fiume e si immerge nei suoi pensieri. L'acqua, mai ferma, da verde-fangosa a nera, soltanto nella schiuma delle onde assume a volte il colore azzurro di un iceberg. Le navi cisterna enormi, rosso ruggine o blu sporco, irrealmente grandi in confronto alla città sullo sfondo e alle persone, piccole come formiche, sulla banchina. È quasi incredibile che esista qualcosa al mondo in grado di scuotere un simile mostro d'acciaio. Katy un giorno vuole viaggiare su una di quelle navi cisterna, vuole vedere con i propri occhi il mare diventare un organo, innalzarsi in onde alte come montagne e ridurre la nave cisterna a un giocattolo della playmobil, prendere forza e strappare tre, quattro container dalla coperta lasciando in cambio migliaia di litri di acqua salata. E Katy, allora, vuole sedere sotto coperta insieme alla ciurma che tira fuori bottiglie di whisky da sotto i letti delle cabine per intontire la paura. E il mattino dopo vuole andare sopra coperta e non credere ai propri occhi, perché il mare farà come se non fosse successo niente, liscio come uno specchio e rosa al sorgere del sole.

"A volte mi chiedo a chi devo raccontare tutto quello che ho vissuto. Se è importante raccontare tutto. Non sono su facebook. Sono fuori moda, raccolgo i miei indirizzi di viaggio in un taccuino. Tanto, la maggior parte della gente la vedo una volta sola. E a parte questo, non ho praticamente amici" dice Katy. "E anche volendo provare, non riuscirei mai a rendere l'idea di come è stato veramente. I viaggi restano dentro di me. Non faccio nemmeno foto. Ho smesso. Mi limito a comprare cartoline ovunque, e le raccolgo in queste scatole sulla mia scrivania."

Di notte le succede spesso di rimanere sveglia a lungo. I numerosi viaggi e i jetlag hanno ridotto il suo bisogno di sonno. Di notte le piace stare di fronte al planisfero con gli spilli colorati, ne gioisce. Sfiora con le dita ogni singola capocchia e passa in rassegna i ricordi. Tira fuori le cartoline corrispondenti e ci scrive sopra un paio di appunti. Talvolta ne scrive qualcuna per spedirla a conoscenti lontani.

"Forse mi credono anche un po' pazza" dice.

"Comunque è già un progetto artistico" le rispondo.

"No," dice "è semplicemente quello che faccio adesso."

Questa notte è sveglia perché dovrebbe mettere in ordine. È tornata domenica da Helsinki, dove ha soggiornato per tre giorni presso il vecchio proprietario di un bar. In genere fa così: parte e solo una volta arrivata cerca un posto dove dormire. I padroni di casa sono spesso incalliti frequentatori della vita notturna, prende sonno sui loro divani intorno all'alba per poi dormire fino a mezzogiorno. Comunque è tornata domenica sera. Ha puntato uno spillo, fatto la doccia, e il mattino dopo è andata a scuola. E da allora non è ancora riuscita a mettere in ordine. Era pigra e stanca. Di fronte casa c'è una lavanderia, apre domattina alle sette. Katy farà una cernita della biancheria prima di mettersi a dormire, la lascerà in corridoio e la porterà al negozio prima di recarsi al lavoro.

E tra una settimana ficcherà la biancheria pulita nel suo zaino blu e partirà di nuovo. Per due settimane nella terra di nessuno della British Columbia, in Canada. Là c'è un treno, The Skeena, che va dalla minuscola località di Jasper attraverso le montagne fino alla costa, raggiunge la città di Prince Rupert, altrettanto minuscola, e per la notte si ferma a Prince George perché non è possibile dormire in treno. Non sa niente del percorso e niente della British Columbia, e per principio non guarda le foto su internet. È stato il proprietario del bar di Helsinki, che a sua volta ha un debole per i viaggi in treno, a raccontarle di questa tratta ferroviaria. Andrà in aereo fino a Vancouver e organizzerà il resto da là.

In realtà, dice, la cosa è molto semplice: "Sto male quando non sono in giro. Ecco perché sono sempre in giro. E il resto: la vita tra un viaggio e l'altro. Semplice, no?"

Alcuni si concentrano sulla carriera, altri sulla famiglia, altri ancora sull'amore, a Katy interessa l'aspetto geografico.

Tiro fuori il piede dalla coperta patchwork nella quale lo avevo avvolto durante il racconto di Katy, e mi infilo di nuovo le scarpe. Mi piacerebbe chiederle se posso venire anch'io, il prossimo mercoledì. In Canada. Partire, semplicemente. Ma non posso se non so dove trovare i soldi per il volo. E per un passaporto valido.

"Grazie per la tua storia" le dico.

"Figurati" dice Katy, e sorride.

"Dove vai adesso?"

"Intanto esco" dico. "Forse tra un paio di giorni torno e ti chiedo una cosa, ok?"

"Certo, quando vuoi" mi risponde.

Mi accompagna alla porta.

"Allora ciao."

"Ciao a te."

EGON
Un martedì, alle 3 e 04

Un intricato edificio scuro degli anni '70, una piramide in blocchi di cemento anneriti. Al pianoterra, diversi negozi: un solarium, una panetteria-discount, un supermercato, una farmacia con gli scaffali vuoti e male illuminati. L'edificio ha parecchi appartamenti, almeno quaranta sul lato che ho davanti, ma solo al quinto piano, proprio nel mezzo, c'è ancora una luce accesa.

L'appartamento ha un balcone. Tutti gli appartamenti hanno un balcone, l'intero condominio è circondato a ogni piano da balconi, per la maggior parte zeppi di piante. Gerani, cespugli di bosso, edera: come se gli inquilini volessero soffocare il cemento a suon di piante. Il balcone dove c'è ancora luce, invece, non ha quasi niente di verde. Una piccola girandola gialla è infilzata in una fioriera, accanto un ciuffo di erbacce, nient'altro.

"Sììììììì?" chiede tra gli echi metallici del citofono una voce maschile insolitamente stridula. Ho il permesso di salire, ma "al piano!" intima il tipo.

Quando esco dall'ascensore quello mi sta di fronte e mi osserva con occhio attento. Tiene una mano dietro alla schiena, il che mi inquieta. Sarà sulla quarantina, ai piedi ha un paio di ciabatte da uomo Adidas, indossa jeans larghi e scoloriti e una maglietta bianca con le maniche rimboccate. Magro, i capelli tagliati all'altezza delle orecchie. I suoi occhi hanno qualcosa di felino e la sua pelle il colore del caramello. Sembra forte e risoluto. Fa quasi un po' paura. Faccio un passo avanti, ci guardiamo negli occhi. Lui fa scivolare qualcosa nella tasca posteriore dei pantaloni e incrocia le braccia sul petto.

"Posso entrare da te?" chiedo, anche se non sono tanto sicura di volerlo davvero. Quest'uomo mi fa rabbrividire.

Lui fa cenno di sì con la testa e si avvia. Lo seguo oltre una porta a vetri per un ampio corridoio. La moquette esala odore di sigaretta e detersivi economici e di altro che mi ricorda la scuola. Le porte degli appartamenti sono a sinistra, a destra c'è soltanto una parete con l'apertura della tromba per lo scarico della spazzatura, all'altezza della terza porta. Da bambina ho vissuto per un breve periodo in una casa che aveva lo scarico per la spazzatura. Volevo farne il mio scivolo privato giù fino in cantina. Ho provato più volte a infilarmici, ma non ha mai funzionato.

L'uomo si ferma. La settima porta è la sua, apre. L'ingresso, di pianta quadrata, ha un pavimento in linoleum grigio picchiettato di rosso. Dietro alla porta, un paio di Converse verdi bucherellate, appoggiate su un vecchio asciugamano a strisce bianche e blu. Alla parete di destra sono conficcati alcuni chiodi ai quali sono appesi un impermeabile giallo, diverse giacche, sciarpe e berretti. A sinistra la porta socchiusa del bagno. L'aria è umida e sa di doccia appena fatta, con un gel che di sicuro è blu e si chiama tipo Ocean o Breeze.

Di fronte, l'unica stanza dell'appartamento. Parquet marrone scuro, ma forse è solo in laminato. Subito a sinistra un letto sfatto, lenzuola beige e, sopra un'asse di legno, un panino al formaggio morsicato e una tazza di tè nero al latte, la bustina è ancora dentro.

Su un termosifone ci sono alcuni asciugamani e un paio di calzini neri. Uno ha dei denti di squalo stampati in corrispondenza delle dita. La porta che dà sul balcone è solo accostata, quando entriamo si arriva una folata di vento freddo.

Ci sediamo sul letto.

"Io ti ho già vista" dice l'uomo sbuffando. Ha l'alito pesante.

"Veramente? Dove?" chiedo incerta.

"Mah, non so." Ridacchia, prende il suo panino al formaggio e lo addenta. "Forse allo zoo vicino ai pinguini oppure in bicicletta lungo il fiume, là dove è bianco" mentre mangia sbatte la bocca e guarda il soffitto.

"Cosa?" chiedo.

"Tu muri le case!"

Il tipo non ha tutte le rotelle a posto. Mi sento la gola calda. Respiro profondamente ma piano, in modo che lui non se ne accorga. Non si deve mostrare la paura. Sennò si viene mangiati. Lo si impara dai documentari sugli animali. Non fartela subito sotto, mi dico. Non c'è obiettivamente motivo per avere paura. Forse ha l'Alzheimer. E nessun familiare che se ne accorga e lo possa aiutare. Chi lo sa, non si deve pensare per forza subito a pericoli e minacce. Stringo i pugni così forte che sento le unghie conficcarsi nella pelle.

Poi chiedo: "E tu cosa fai?"

"Io sto fermo" dice lui strascicando il "fermo" come prima il "sì" al citofono. Poi si alza dal letto. Si avvicina alla porta del balcone, la chiude con un colpo, si gira e mi fissa.

"Cosa facciamo adesso?" domanda lasciando la maniglia della porta. Fa su e giù nervoso davanti al termosifone.

"Volevo soltanto chiederti cosa pensi della notte e perché sei ancora sveglio" dico. Mi trema la voce. Tossisco. "Scusa, ho qualcosa in gola" aggiungo.

"Se hai fame in gola ti faccio le lasagne" dice lui senza smettere di camminare e sorride.

"Raccontami piuttosto della notte" insisto.

"Io sono il giorno" dice.

Mi chiedo se anch'io a questo punto dovrei cominciare a mettere in fila parole a caso. Forse in questo modo troverei il codice segreto.

Pertanto dico: “Io sono la notte.”

Lui si ferma e si siede sul davanzale, la sua gamba sinistra nasconde il calzino con i denti di squalo. “Perché sei qui?” chiede.

“C’è stata una tempesta solare” dico.

Lui si alza e si avvicina di nuovo alla porta che dà sul balcone. La apre. “Di qui puoi volare verso l’altra notte” dice, e guarda il soffitto. Le sue palpebre hanno un tremito.

“Quanti anni hai?” chiedo.

“Cento e un paio di meno” dice. “E tu?”

“Novantacinque” rispondo.

“Col tempo dal primo giorno” dice lui.

Poi d’un tratto cambia espressione. Si dirige deciso verso di me, mi si siede accanto e mi mette a fuoco strizzando gli occhi.

“Avevamo un appuntamento?” mi chiede. All’improvviso ha un tono molto serio.

“Sì, esatto” dico.

“E adesso dove vogliamo andare?” domanda rilassando lo sguardo.

“Verso il fiume o forse nello spazio” dico.

“Ho ciliegie per le pecore e tu ti chiami Fanfan.” Mi sorride. Se non avessi paura, la conversazione potrebbe addirittura piacermi, mi viene da pensare. Lui ha un piccolo sussulto e riafferra il panino al formaggio. Lo guarda, me lo porge, lo ritrae e poi lo appoggia sul pavimento.

“Lì si sente a suo agio” dice.

Faccio sì con la testa.

Lui contempla ancora un po’ il panino, poi si gira di colpo verso di me e mi punta l’indice contro il petto poco sotto la clavicola. Il suo dito è gelato.

“Ti dovrebbero rinchiudere!” esclama, sbuffa di nuovo, devo trattenere il respiro perché ha l’alito pungente. Do uno schiaffo al suo dito e faccio un salto indietro.

Vorrei andarmene. Invece mi scrollo una gamba. "Mi si è addormentato un piede" dico con un filo di voce. Il suo sguardo si rilassa di nuovo. Allunga un dito, indica il mio ginocchio. "Permette? Qua bisogna girare finché il bottone rientra nell'incastro" dice in tono pacato.

"Posso andare al gabinetto?" chiedo.

Lui si alza, va in corridoio, apre la porta del bagno e dice: "Prego!"

E se fosse solo un trucco? Se invece fingesse soltanto di essere pazzo? Cazzo, non ci capisco più niente. Entro e chiudo a chiave. Mi guardo allo specchio: sono pallida come un cencio e mi tremano le mani. Qui sembra tutto in ordine, a prima vista nessun segno di degrado. Ha uno spazzolino da denti per bambini con un drago dei fumetti stampato sopra. È attaccato con la ventosa a una piastrella. Devo veramente andare al bagno. Quando ho finito e mi tiro su i pantaloni mi accorgo di un supporto per sapone nella vasca. Invece del bagnoschiuma c'è un tetrapack del latte a lunga conservazione e un pomodoro. Nemmeno accanto al lavandino c'è sapone, in compenso ci sono quattro tubetti di dentifricio.

Apro la porta ed esco.

Lui è lì e mi guarda speranzoso. "Io una volta ti ho già visto" dice di nuovo.

"E dove?" chiedo.

"Col panino al formaggio sul tappeto e da quella parte come fiore."

"Quando è stato?"

"Ieri un anno dopo."

"Vogliamo andare in balcone?" propongo.

"Ci siamo già stati."

"Non credo."

"Dopo di lei" dice, e va per primo.

Sul balcone stiamo uno vicino all'altra e guardiamo in basso. Lui borbotta qualcosa.

"Come, scusa?" faccio io.

"Il vento prende con sé il mio colore" dice conficcando un dito nella terra della fioriera, accanto alla girandola. Lo guardo. Lui guarda con espressione assente il cortile.

"Ne so qualcosa" dico.

"Sì" dice lui.

Mi tasto in cerca delle sigarette, gli porgo il pacchetto. Lui scuote la testa. Me ne accendo una.

"Ti riesce bene" mi dice mentre esalo la prima boccata di fumo nella notte.

Forse un po' alla volta entriamo in confidenza, penso. Spero. Ci limitiamo a rimanere lì. Lui ogni tanto cambia posizione, prima incrocia le braccia, poi infila le mani in tasca. E intanto dice: "Sì sì, chiaro" e "Lo so" e "Eh sì."

Poi si schiarisce la voce e mi chiede: "Resa, quando torniamo indietro?"

"Aspetta," rispondo "adesso guardo."

Tiro fuori il taccuino dalla tasca dei pantaloni e lo sfoglio fino all'ultima pagina.

"Domani."

"Ma deve essere già oggi" dice lui.

"Che ora è adesso?" chiedo.

Lui prende la girandola dalla fioriera e me la porge.

"Qua dentro cresce già la nostra cena" dice.

"Poco fa erano le tre e mezza o era già più tardi?" chiedo di nuovo.

"Credo quel che tu non vedi" dice, e comincia a ridere. Si piega sghignazzando sopra la fioriera e, così facendo, si sporca la maglietta di terra.

Con un colpetto del dito getto la sigaretta nel cortile e chiedo se dobbiamo rientrare. Siccome non risponde gli restituisco la girandola. Lui la prende e la getta nel cortile.

"Oh" dico disorientata.

"Niente 'oh', sono in anticipo quanto basta" dice lui.

Lo guardo. Adesso mi sembra quasi contento, tra il melanconico e l'allegro come chi se ne sta appoggiato al parapetto di una nave con davanti a sé il mare che si estende sconfinato. All'aria aperta ho meno paura di lui. E la conversazione in codice mi piace sempre di più. Forse dovremmo rimanere fuori ancora un po'. Non faccio più il tentativo di rientrare.

"Racconta!" dico.

"Una volta qui c'era una piscina" comincia. "Si poteva star seduti e dare al ghiaccio un pugno nello schermo a rete, con tre giravolte, e in alto, oltre la testa, il sole."

"Quando è stato?"

"Ma lo sai ancora!" esclama guardandomi stupefatto. Il suo labbro ha un tremito. Prende un respiro e sembra voler dire qualcosa, poi desiste.

"Cosa volevi dire?"

Adesso non risponde più.

"Niente di cattivo" dice poi. "Tu sei cattiva. Lo sei sempre stata."

"Perché?" chiedo.

Lui si gira e rientra. Lo seguo, ma mi sbatte la porta in faccia e la chiude a chiave.

"Ma che cazzo!..." grido, e dalla paura mi viene un colpo di caldo. Cazzo, cazzo, cazzo. Devo mantenere la calma.

Mi sporgo dal balcone. Al limite, potrei arrampicarmi passando sui balconi confinanti a destra e sinistra, sarebbe solo questione di destrezza. Ma cosa sto facendo? Mi prenderebbero per una ladra. Sempre meglio che essere uccisa. O violentata. O altro.

Il mio amico in stato confusionale, non so nemmeno come si chiama, è dentro casa, seduto sul letto, e ingoia il resto del suo panino al formaggio. Ha lo sguardo fisso, puntato sulla finestra ma non su di me. Come se mi avesse già completamente dimenticata.

Fa freddo, ma non si gela. Riuscirei a passare la notte qui? Non ci sono cuscini, ma che c'è da aspettarsi. Devo tornare dentro. O meglio: dentro e poi fuori. Se adesso busso contro la finestra forse si spaventa. Magari mi scambia per un ladro e prende un coltello. O di peggio, che so. Un vecchio machete. Si sa? Non si sa.

Busso lo stesso, che dovrei fare sennò. Lui sussulta come un cane che ha avvertito un rumore. Sbatte gli occhi, guarda la finestra. Poi grida: "Stop là dietro, stop!" e slitta all'indietro sul letto fino alla parete, sbattendo la testa. Rema con le mani sulla coperta come se cercasse di prendere qualcosa. Non è che adesso gli viene una crisi epilettica? Urlo: "Resa! Sono io! Resa! Resa!"

Lui scivola giù dal letto, si inginocchia davanti al comodino, tira fuori dalla tazza la bustina di tè e si alza. La bustina gocciola sul pavimento e lo copre di macchie mentre lui mi si avvicina a passi lenti. Schiaccia la bustina contro la finestra. Quella rimane appiccicata per alcuni secondi prima di cadere giù. Finalmente l'uomo afferra la maniglia, le dà un giro completo e apre la porta dicendo: "Thomas, ho aspettato tanto."

Io dico: "Potevi anche venire da me!"

Lui mi guarda sconcertato. "Meglio lasciar perdere" dice.

"Adesso vorrei andare!" dico io. "Mi accompagni alla porta?"

"Prego!" risponde, e ci dirigiamo effettivamente verso la porta.

Adesso, però, invece della maniglia afferra la chiave infilata nella serratura, le dà un giro, la estrae e se la mette nella tasca dei pantaloni. Di nuovo, no, per favore, penso.

"Devo davvero andare!" gli dico.

"Ma sei venuta di tua spontanea volontà!" risponde lui, d'un tratto di nuovo lucido. Deve smetterla, penso. Quando dice fesserie riesco a tenergli testa. Ma quando dice cose che potrebbero anche avere un senso non ce la faccio.

Ho una gran voglia di urlargli contro, dare calci e prendergli la chiave dalla tasca, ma forse peggiorerei tutto. Per cui dico: "Puoi fidarti di me. Tranquillo, è tutto ok, non avere paura."

"Solo non vorrei che tu..." dice, e mi pare molto arrabbiato. Adesso invece di guardare in alto fissa il pavimento.

"Cosa?" chiedo piano.

"Da... da... da" balbetta sempre arrabbiato. Poi gli si incrina la voce, gli si inumidiscono gli occhi. Da quello sinistro scende una lacrima, cade sul pavimento. Lui si passa la mano su entrambi e fa un altro tentativo: "Da-da-ll' altra parte piove!" Mi sta davanti e piange sommessamente.

"Ma non sempre" dico. "Spesso c'è anche il sole, in alto, sopra la tua testa!"

Mi prende una mano, stringe le mie dita insieme, aumenta la pressione e poi mi stampa un bacio sul dorso.

"Thomas, dimmi, tutti tornano indietro, tutti tornano sempre indietro, vero?"

"Chiaro!" dico dandogli una pacca sulla spalla. "E adesso aprimi, così arrivo prima da Thomas. Prendi la chiave che è nella tasca dei tuoi pantaloni."

Indico i suoi jeans. Lui smette di piangere.

"Ma questa perché è qui dentro?" chiede.

"Tirala fuori" dico io.

"No" dice ostinato, e torna in soggiorno.

Mi aggrappo alla porta d'ingresso e la scuoto nella speranza che si apra da sé. Infine mi accoscio per terra. In soggiorno l'uomo va avanti e indietro.

"Ehi" grido. "Come ti chiami?"

Niente.

Sono stanca. Non ce la faccio più. Poi all'improvviso mi viene in mente il pannello portachiavi sotto le giacche appese ai chiodi. L'impermeabile giallo lo copre a metà. Quattro chiavi. Due hanno l'aspetto di chiavi di casa. Salto in piedi e le sgancio. Su una è incollato col nastro adesivo un minuscolo pezzettino di carta bianca con su scritto in pennarello rosso sbiadito "Egon I", sull'altra "Egon scantinato".

Provo con "Egon I": funziona. Grido "Yes-yes-yesss!" e apro la porta. Ecco che il tipo mi viene dietro. "Le api sono scappate!" grida. "Acchiappa lo sciame, Resa, acchiappalo!"

Io comincio a correre per il corridoio, oltre la porta a vetri, non vedo le scale, premo il pulsante dell'ascensore. Fa bing ma la porta non si apre ancora. Mi giro di nuovo, guardo il lungo corridoio.

Poi ho un sussulto.

Eccolo, il senza nome, o Egon I, ha in mano un coltello minuscolo o forse è solo una limetta per le unghie, non riesco a distinguerlo, e sogghigna. Proprio in quell'istante la luce del corridoio si spegne all'improvviso e per una frazione di secondo non vedo assolutamente nulla. Poi la porta dell'ascensore si apre di scatto, mi precipito dentro e premo ripetutamente il tasto per chiudere.

L'ascensore si mette in movimento. Mi pulsano i polmoni, il petto, il corpo intero.

Quando arrivo al pianoterra, sento dei passi frettolosi giù per le scale e ricomincio a correre. In cortile pesto la girandola gialla. Si frantuma sotto il mio piede.

JOHANNA
Un mercoledì, alle 3 e 19

La finestra illuminata si trova al piano rialzato, anche se piano rialzato suona troppo elegante per l'edificio giallo ingrigito degli anni '80 dai pesanti infissi in plastica marrone scuro.

Proprio mentre sto passando, una mano spunta da dietro le tende bianche accostate e apre la finestra, poi compare l'altra mano con una sigaretta serrata tra le dita e cerca a tastoni il posacenere appoggiato sul davanzale: una piccola, bassa scodella di vetro. La cenere va a finire accanto alla scodella e la tenda si apre un altro po'. Vedo il viso di una ragazza con i capelli scuri. Con fare stizzito soffia via la cenere dal davanzale, poi si accorge di me.

"Scusa" dico, e che vorrei entrare. "L'ingresso è dietro l'angolo" mi risponde. Quando arrivo l'apriporta elettrico sta già ronzando. Salgo i cinque gradini che portano al suo appartamento, lei è sulla porta: alta, forse tre centimetri più di me, occhi scuri, scalza, ampi pantaloni della tuta color giallo chiaro e una larga maglietta con la scritta HARD ROCK CAFE, CHICAGO. I capelli non sono più sciolti come poco prima alla finestra, ma raccolti in una frettolosa coda di cavallo.

Si chiama Johanna.

A destra dell'ingresso c'è il bagno, a sinistra una piccola cucina lunga forse quattro passi e senza finestre. L'appartamento ha due stanze, però Johanna ci vive sola. Tre settimane fa se ne è andata la sua migliore amica. "Si è trasferita dal suo ragazzo" dice con un perfido sogghigno. "Come tutte, attualmente – tranne me, s'intende." Indica di nuovo la porta: "Qua però non c'è ancora niente da vedere, solo batuffoli di polvere e qualche capello, non ho idea di cosa farne, adesso, devo comprare qualcosa da metterci dentro, un divano sarebbe l'ideale."

C'è odore di grappa e sigarette. Johanna ha l'alito che sa di alcol.

Nella sua stanza ci sono tre buste della spesa della catena Tengelmann, una si è rovesciata. Per terra, una confezione di biscotti Weetabix, latte a lunga conservazione e sigarette. "Scavalcala," dice "non avevo voglia di mettere in ordine, tanto non c'è niente che possa andare a male."

Ci sediamo alla sua scrivania. Sopra, un laptop, fogli di carta e una bottiglia di prosecco da cui lei beve a canna.

"Vuoi anche tu?" va in cucina e torna con un bicchiere alto e piuttosto stretto.

Si sente una musica sommessa, qualcosa di tranquillo al pianoforte. Alla parete è appeso un poster di grandi dimensioni, NOTHING TO DO c'è scritto sopra, bianco su nero.

Johanna ha terminato da poco gli studi, sociologia. Cosa farà dopo ancora non lo sa. Ha trovato un lavoretto presso un'agenzia pubblicitaria, redige testi per prodotti cosmetici. "È veramente una gran merda, la peggiore che si possa immaginare" dice, poi ride e si accende una sigaretta. "Devo licenziarmi."

Allunga una mano verso il davanzale e recupera la scodella posacenere. "Più di tutto mi piacerebbe semplicemente vivere di rendita" dice. "Non so proprio che farmene di tutte quelle stronzate sul realizzare sé stessi, non si parla d'altro. Io leggerei, guarderei film, farei sport, viaggerei, visiterei musei, mangerei tanto e bene, andrei a trovare i miei uomini, che ovviamente avrei sparsi per il mondo, forse rimarrei per un periodo più lungo da uno di loro, uscirei con lui, conoscerei altri uomini e naturalmente anche donne. Ascolterei le loro storie, nel caso fossero interessanti, per poi dimenticarmele."

Butta fuori il fumo indirizzandolo contro le tende e beve un sorso dalla bottiglia di prosecco.

"I giorni passano in fretta, ce la faccio eccome a riempire la vita, di questo non mi preoccupo affatto."

La notte, dice, è cambiata completamente da quando Linda si è trasferita. Le sere in cui non uscivano, o non andavano a letto presto per via di qualche appuntamento o scadenza, cucinavano insieme e poi cenavano qui, sedute a gambe incrociate sulla scrivania di Johanna, e bevevano vino.

"Ma comunque così minimizzo" si corregge Johanna. "Ci scolavamo intere bottiglie di vino!" E intanto parlavano, soprattutto dei sogni di Linda. Ha studiato regia. Adesso ha finito. Il suo ragazzo ha studiato produzione.

L'appartamento aveva un'atmosfera diversa quando c'era Linda. "Era più giallo, tutto era in qualche modo più caldo e denso, la stanza là dietro adesso va a finire nel nulla, prima era molto più presente, molto più vicina a me. Adesso è così..." esita "...vuota – che è un luogo comune per dire che qualcosa dà la sensazione di vuoto. Adesso è così."

Ed è insolito che, non importa quanto Johanna rimanga sveglia, non torni più nessuno a casa. "Non mi devi fraintendere. Adesso fanno una vita da coppia cinematografica nel loro strepitoso appartamento, e va bene così. Però sento comunque la sua mancanza."

Da allora Johanna cerca di andare a letto presto, guarda serie televisive e spera nel frattempo di addormentarsi. Ma a volte gli episodi finiscono e Johanna è ancora sveglia, come oggi.

Allora stappa una bottiglia di vino e si siede alla scrivania a fumare e mettere ordine negli appunti dell'università. Butta via quello che non vuole più e tiene da parte ciò che trova interessante.

"Segretamente spero ancora che tutto questo smistare e riordinare mi faccia venire un'idea per guadagnare soldi. Si dice che attività come riordinare facciano venire le idee migliori. Insomma, se voglio vivere di rendita devo pur cominciare da qualche parte." Ride, rovesciando indietro la testa. La sua risata è roca e sporca, e sul finale un po' stridula, poi afferra di nuovo la bottiglia e beve un ultimo sorso. Fuma ancora un po', senza dire niente.

A ogni tiro sembra più stanca. Dopo mezza sigaretta riprende a parlare, adesso un po' strascicata: "Poco prima di addormentarmi mi sporgo ancora una volta dalla finestra. Quanto silenzio c'è in quei momenti. Per svariati minuti niente macchine. Come se fossimo in un villaggio. Attorno alle tre e mezza si svegliano i primi uccelli. Almeno adesso, all'inizio della primavera."

Prende il telefonino, che se ne sta a pancia in giù accanto alla bottiglia di prosecco. "Le quattro meno un quarto. Dovrebbero cominciare a farsi sentire. Tutti assonnati pigolano e gracchiano dai loro nidi. Senti qualcosa?"

Ci sporgiamo dalla finestra.

"No" rispondo.

Lei spegne la sigaretta.

"È perché ci sei tu. Loro cinguettano per me. Cinguettano per chi è solo."

"Anch'io sono sola" dico piano. Ma Johanna non replica niente in proposito.

"Quando è veramente buio la cosa tende a farmi paura. Oppure viceversa: mi spaventa ogni volta la contentezza che provo quando scopro una finestra ancora illuminata. Allora mi chiedo: quelli là sono ancora svegli oppure si sono appena svegliati? Hanno il primo turno al lavoro? Devono prendere un aereo? Oppure stanno semplicemente andando al bagno?

In genere spero che si tratti della prima ipotesi. Ancora svegli. Come me."

Quando mi accomiato mi regala una sigaretta. "Per il ritorno." Quando sono di nuovo in strada, e passo davanti alla sua stanza, lei è alla finestra e mi allunga un accendino. "L'avevo quasi dimenticato. Puoi tenerlo."

"Grazie" dico. Lei ammicca in segno di saluto. Poi chiude la finestra e io rimango sola. Dopo pochi metri mi fermo. Ecco. Eccoli. Li sento. Gli uccelli cinguettano per me.

THOMAS

Un lunedì, alle 4 e 01

È l'unica finestra illuminata nei paraggi, la vedo da lontano, tra noi si apre uno scavo di fondazione ampio quanto mezzo quartiere. Una facciata a vetri con un balcone e, sopra, soltanto il tetto. Una finestra, alta e solitaria come la luna.

Mi aggiro per venti minuti lungo la recinzione del cantiere cercando di non perdere d'occhio la finestra. Spero che la luce non si spenga proprio nel momento in cui arrivo io. Voglio gettare da lassù uno sguardo sul cantiere. Accelero il passo. Il fango fa cic-ciac sotto la suola delle mie scarpe.

Sul campanello: nessun nome. Di sopra mi riceve un uomo dai capelli nerissimi, striati di ciocche argentee. Sopracciglia folte, occhiali tondi, jeans chiari e camicia bianca. I piedi, nudi, sono infilati in pantofole di spugna come quelle che forniscono negli hotel.

"Prego, prego," dice "entra pure." La sua voce è limpida e amichevole.

Mi ritrovo al centro di una stanza che è al tempo stesso ingresso, cucina e soggiorno. A destra un muro alto fino all'ombelico che separa l'ingresso dalla cucina spaziosa e serve anche da ripiano – ci sono sopra un portamonete in pelle marrone scuro, un mazzo di chiavi, un pacchetto di tic-tac (quelle color arancio) e alcuni biglietti accartocciati. La cucina è moderna e laccata, bianca, sul fornello ci sono tre vaschette in plastica vuote di sushi take-away. È rimasto soltanto un inside-out roll, con accanto tovaglioli di carta spiegazzati e macchiati di scuro. Il pavimento è in laminato chiaro e in un angolo c'è un faretto nero punteggiato di vari colori, che rischiara l'ambiente di una luce calda ma molto forte. Davanti alle tre porte-finestre del balcone, un vecchio divano in tessuto, posizionato in modo da godersi la vista. Il resto dell'appartamento è completamente vuoto, disadorno. C'è odore di colla e vernice.

In fondo a sinistra, subito accanto al balcone, si passa in un'altra stanza. È al buio, però dalla soglia si riesce a distinguere la sagoma di una valigia aperta traboccante di vestiti.

"La stanza da letto," dice l'uomo "ma non c'è niente dentro. Al momento dormo sul divano."

Sul divano ci sono due coperte chiare di lana e un cuscino rosso, un po' duro. Davanti, un secchio della spazzatura rovesciato su cui è appoggiata una birra Heineken mezza vuota.

L'uomo si chiama Thomas. "Siediti," dice "cosa vuoi bere? Ho succo di mela, acqua minerale e birra."

"Birra" rispondo, lui me ne porge una e rimaniamo seduti sul divano a guardare dalla finestra il cantiere sotto di noi, silenzioso e illuminato da una luce ocra. Osservo il recinto lungo il quale ho camminato poco fa. Da qualche parte si vedono ancora le impronte delle mie scarpe nel fango.

La birra è fredda e amara, spumeggia in bocca, faccio un "ahhhh" sonoro e rinfrescato e sprofondo nel divano.

"Buona idea" dice Thomas ridendo.

"Cosa stanno costruendo là?" chiedo.

"Non lo so. Secondo te?" chiede a sua volta.

"Non lo so nemmeno io. Forse un ospedale. Se potessi scegliere il tipo di costruzione, cosa preferiresti?"

"Devo pensarci."

"Se io abitassi qui preferirei un parco di divertimenti. Con tanta natura. Uno spazio enorme con piscine, saune e bagni turchi, e sopra un grande parco pubblico, completamente selvaggio, con sentieri tortuosi e autentici macigni e alberi alti e piante, erbe e animali selvatici. E migliaia di uccelli variopinti che si alzano e scendono in volo. Con un lago nel mezzo, dove in autunno arrivano perfino gli uccelli migratori perché hanno sentito che questo è un posto fantastico. Al parco si può stare sempre, di giorno e di notte, si può anche campeggiare. Però bisogna comportarsi come si deve. Si capisce. Su questo sono tutti d'accordo. Ci sono anche caverne riscaldate, ci vive gente che in cambio dell'alloggio gratis deve coltivare ortaggi ed erbe aromatiche e controllare che nessuno faccia cazzate. Giù bisogna pagare la piscina, com'è normale, ma costa poco. I residenti e i senzatetto hanno l'accesso gratuito. E io posso andarci sempre, e quando non ne ho voglia rimango qua sopra, seduta sul divano, e guardo gli uccelli variopinti alzarsi e scendere in volo."

"Credi che un giorno ci sarà una cosa del genere?"

"No, non credo."

"Nemmeno io."

"Probabilmente diventerà un ospedale."

"Un ospedale privato per uno sceicco."

Thomas è arrivato stamattina da Londra. Sei anni fa là ha conosciuto Rosanna, la sua ragazza, una sarta inglese specializzata in abiti da uomo. Per lei ha abbandonato senza esitazione un impiego da cuoco presso un bar di Monaco e si è trasferito. "Un cuoco può lavorare ovunque" dice. Ha trovato in fretta un nuovo lavoro a Shoreditch, in uno di quei bar-ristorante *backyard* che offrono sandwich all'avocado, lenticchie al curry e frullati detox. Lui ha aggiunto al menu un Light-German-Lunch-Day. Preparava insalata di valeriana con patate marinate, merluzzo con cavolo bianco alla noce moscata, tortellini ripieni agli asparagi o carpaccio di arrosto su rape rosse ripassate in padella.

E poi all'improvviso gli è passata la voglia. È successo da un giorno all'altro. Il Light-German-Lunch-Menu c'era già da un anno, nel frattempo aveva istruito altri due cuochi così bene che ormai potevano cavarsela anche senza di lui. Si è licenziato e ha passato sei mesi a preparare pranzetti speciali per la sua ragazza e i dipendenti di lei. Glieli portava in sartoria, poi andava a passeggio senza meta per la città.

A lui stava bene così, alla sua ragazza invece evidentemente no. "Vivi come un pensionato," diceva "ma dov'è finita la tua voglia di fare?"

"Non capisco che problema hai. Io sto bene e mi mantengo con i miei soldi. Mi sono solo preso una specie di anno sabbatico" replicava Thomas.

A un certo punto lei non ha più voluto che lui le portasse da mangiare. "Mi sento come se fossi mio padre," gli ha detto "per me è troppo."

"Ma a me fa piacere" ha provato a dire Thomas.

In effetti avrebbe potuto essere suo padre. Quando si conobbero lei aveva ventisei anni, era quindi più giovane di lui di poco più di vent'anni. Thomas era a Londra per un fine settimana, da solo, e voleva farsi cucire un vestito su misura. Che, tra tutte le sartorie di Savile Row, lui scegliesse proprio quella dove lavorava lei, fu un caso. Dopo aver ritirato il vestito andarono a bere un caffè insieme. Dal caffè passarono alla cena e dopo qualche bicchiere finirono a casa di lei. L'indomani Thomas lasciò la sua stanza d'albergo, rimandò a tempo indeterminato il volo di ritorno e rimase. Andarono subito a vivere assieme.

La differenza di età non fu mai per loro motivo di discussioni, mai, era questo il bello, dice Thomas. Ma da quando lui era rimasto senza lavoro diventò all'improvviso l'unico motivo di discussione.

Thomas ormai aveva smesso di portare a Rosanna il pranzo in sartoria, in cambio però la aspettava a casa con grandi cene per raccontarle diffusamente delle mostre che aveva visitato durante la giornata. Una volta lei si alzò da tavola, si mise il soprabito e disse: "Thomas, evidentemente non hai capito. Non voglio sapere più niente della tua esistenza da pensionato. Voglio ricominciare a uscire, una buona volta. Da quando stiamo insieme non esco più. E mi manca. Adesso esco. E vorrei che tu te ne andassi di qui, e io..." prese il bicchiere, bevve d'un fiato il resto di vino, e quando riappoggiò il bicchiere questo si rovesciò, rotolò piano fino al bordo del tavolo e oltre, frantumandosi sul pavimento.

"Perché non lo hai fermato? Era lento" le disse Thomas con tono di rimprovero.

"Perché non lo hai fermato *tu*?" ribatté Rosanna, poi si voltò e lasciò l'appartamento.

Quella stessa notte, senza nemmeno lavare i piatti, Thomas raccolse le cose che gli appartenevano e che entravano in una valigia e abbandonò l'appartamento. A Rosanna lasciò un biglietto: "Il resto lo puoi tenere."

Prese una stanza in un hotel a Soho per due notti. Passò tutta la prima notte a pensare, senza giungere a una conclusione. Durante la seconda notte pensò: torno a Monaco. Si mise in cerca di un alloggio preparandosi al peggio e invece, come se a Monaco lo stessero già aspettando, lo trovò nel giro di tre giorni, anche più in fretta di quanto desiderasse – un amico di un amico aveva appena lasciato un appartamento grande e luminoso con vista sui tetti della città. Tre giorni dopo la sua separazione Thomas salì su un aereo. Era ieri.

E oggi, al quarto giorno, è seduto qui, a guardare insieme a me un cantiere illuminato, là in basso. Mi piace il suo modo di raccontare le cose. Nel farlo il suo viso cambia in continuazione. Mentre parla posso osservarlo senza sembrare invadente. Quando invece sono io a dire qualcosa, e lui mi ascolta, preferisco guardare verso il cantiere. Evito di fissarlo negli occhi. Ho paura di arrossire.

Sembra che racconti tutta la storia con Rosanna adesso per la prima volta.

"La cosa strana è che Rosanna non mi manca per niente" dice.

Già da tempo il loro rapporto non era più lo stesso. Un distacco graduale. Tutti i piccoli traumi e le ferite c'erano già stati. Rosanna era diventata sempre più astiosa. Quando poi lo aveva mollato, lui in realtà aveva provato solo un senso di sollievo.

Ogni tanto si chiede come sarebbe stato se lei non lo avesse piantato. Lo avrebbe fatto lui? O avrebbero vissuto uno di quei rapporti abitudinari che si basano su inganno e apparenza? Non lo sa.

"Ma forse la questione nemmeno si pone," dice "forse è stato sempre tutto chiaro. Forse stavo semplicemente aspettando, forse ho sempre saputo che lo avrebbe fatto, perché a lei certe cose vengono meglio e perché..." si schiarisce la voce "...be', perché forse si sapeva fin dal primo giorno chi, in caso, avrebbe troncato."

Beve un gran sorso di birra, gli scende gorgogliando giù per la gola. Poi fa "aaah" e mi guarda con un mezzo sorriso. "Sì, e adesso si ricomincia tutto da capo! Niente male, no?"

"E sai una cosa strana?" dice dopo una breve pausa: da quando è atterrato a Monaco ha di nuovo voglia di lavorare.

Le luci del cantiere sotto di noi si spengono all'improvviso. Il cielo, sopra, è già tutto azzurro-blu.

"Vedi, adesso si fa chiaro molto presto" dice Thomas. "D'estate sto sveglio volentieri di notte. D'inverno no, cerco di andare a letto presto. È già abbastanza buio durante il giorno, non voglio infierire contro il mio organismo. D'inverno l'oscurità è più triste, più densa in qualche modo, più tenace. D'estate è più fine, l'aria è completamente diversa, come addizionata di anidride carbonica, e le ore tra il tramonto e il sorgere del sole sono talmente brevi che si rimane svegli quasi senza accorgersene."

Siamo sprofondati entrambi nel divano come due adolescenti davanti alla tv.

"Cosa fai adesso?" gli chiedo. "Vai a letto?"

"Forse" dice, e si volta verso di me. Sento una scossa calda percorrermi il ventre, come se dentro di me qualcuno avesse spaventato uno stormo di uccelli. I nostri nasi distano poco meno di un palmo l'uno dall'altro. Trattengo il fiato. Non la smettiamo di guardarci; l'attimo in cui uno dei due avrebbe potuto distogliere lo sguardo è passato da un pezzo. I suoi occhi sono verdi come il muschio e la terra.

Poi dice: "Dipende da quello che mi vuoi ancora chiedere."

"Molto" dico.

"Ma quanti anni hai?" chiede.

"Non lo so" rispondo.

Quando lascio l'appartamento, il sole di mezzogiorno splende sulle strade.

LEONI
Un mercoledì, alle 3 e 13

La finestra si trova al primo piano di un edificio di recente costruzione. Un tulipano giallo in un vaso di latta, schiacciato contro la finestra, tende bianche, la luce è debole, forse non è più sveglio nessuno, forse è solo una luce notturna? La porta d'ingresso non emette ronzii, si apre con un clac. Una ragazza alta, occhi grandi, capelli corti arruffati, una canotta nera, pantaloni da jogging grigi, calzini di lana.

Ho il permesso di entrare. Un corridoio minuscolo, a destra l'angolo cottura, a sinistra il bagno, di fronte a me un soggiorno-camera da letto, arredato in modo minimalista e prevalentemente di bianco. Niente quadri alle pareti. Nell'angolo a destra, vicino al letto, splende una sfera di carta gialla.

"È la mia luna" dice.

La ragazza si chiama Leoni. Dopo che le ho spiegato il motivo della mia visita, attacca a raccontare, in fretta e senza sosta, come se non parlasse con nessuno da settimane. Rimaniamo in piedi vicino alla finestra e tutto intorno a noi viene assorbito dal suo fiume di parole, la stanza, la luna – me.

"Mi sono trasferita qui da poco ma voglio andarmene, mi sento come un grosso stivale in una scatola da scarpe, in una fitta pila di scatole da scarpe, mi riferisco alla casa, a questa angusta casa di città. Dopo la maturità volevo andare in India per tre mesi, è diventato un viaggio di tre anni attorno al mondo, non riuscivo a fermarmi, credevo di rovinare tutto se fossi tornata, perché da qualche parte c'era qualcosa ad aspettarmi, il grande significato della vita. I miei genitori sono rappresentanti diplomatici, impegnati che più non si può, e hanno detto: 'Fa' ciò che devi, ci puoi restituire tutto anche in un secondo momento.' Un anno fa ero nel Laos, la mia ultima tappa, anche se volevo continuare in aereo fino a New York, poi però mi sono ammalata. Poche settimane prima avevo conosciuto uno svedese col quale mi sono messa insieme, una storia veloce, la tipica avventura, ci si innamora perché non si regge più la solitudine, ma non aveva niente a che vedere con i sentimenti veri, non come me li immagino io. A ogni modo questo svedese mi ha trasmesso una malattia, una cistite che poi è diventata una grave pielite; lo svedese se n'era già andato da un pezzo per la sua strada senza di me, io ero contenta di essermi liberata di un peso, di avere di nuovo un orizzonte più ampio. Ho cercato di curarmi nella camerata di un ostello, c'erano sei letti e nemmeno una finestra, ma la cosa è peggiorata sempre di più; e nel letto a castello sopra di me c'era un tipo bizzarro che era convinto di avere l'influenza aviaria e si comportava sul serio come un pollo malato, anche se era sanissimo. Allora per la prima volta ho avuto davvero una gran voglia della fredda aria tedesca. Sono andata in aereo fino ad Amburgo, da mia zia, sono guarita e ho deciso di rimanere in Germania. I miei genitori avevano questo piccolo monolocale a Monaco, così mi sono sistemata qui. Ho appena interrotto i miei studi di psicologia, dove ero solo una delle tante anime smarrite alla ricerca di sé stesse. L'inettitudine collettiva mi ha talmente nauseato che non posso più andarci."

Leoni tira il fiato per la prima volta. Forse fa anche "zzzzissh" e vola via dritta attraverso la finestra, come un razzo nel cielo.

"E ora, soprattutto di notte, quando l'oscurità mi fa andare alla deriva, mi chiedo: cosa cercavo, in realtà? Perché non l'ho trovato? Cosa ho trovato, invece? E dov'è adesso? Perché viaggiare mi ha fatto ammalare tanto gravemente? Il pensiero di non avere nulla, nemmeno un amico, mi frulla continuamente per la testa. Ho soltanto conoscenze, sparse per il mondo, per le quali non sono stata altro che una compagnia passeggera."

Una breve pausa per riprendere fiato.

"Già solo il fatto di viaggiare sferragliando attraverso il tempo. Mio padre prima diceva sempre: oggi è domani già ieri. Proprio adesso è già passato, e continua così finché sei morto. Non ho intenzione di suicidarmi, anche se ogni tanto ci penso. Preferisco aspettare che la morte arrivi da sola. Magari nel frattempo riesco a capire qualcosa della vita, la speranza è l'ultima a morire e io sono la speranza in persona. Non mi piace la notte. È come se le persone di notte sparissero dalle loro case e andassero in un paese dove mi è negato l'accesso, lasciandomi qui in pasto agli spiriti malvagi. Di notte mi sento esclusa, non riesco a godermi la calma, mi piacerebbe se di notte ci fosse qualcuno che stira fuori dalla mia porta, come faceva mia nonna. Ora come ora mi addormento in genere soltanto quando la gente, fuori, comincia ad andare al lavoro. Soltanto quando l'ingranaggio si rimette in marcia riesco a non rimuginare. Mi piacerebbe avere una cerchia di amici affiatata. Sarebbe un po' come la mia famiglia, e ci sarebbe sempre qualcuno che ha tempo e voglia di rivedersi. E si verrebbe amati anche se tutti gli altri ci considerano una merda. Ma dove trovare gente così? Tutte queste party-girl e questi ventenni con la puzza sotto il naso non li sopporto. Non voglio avere niente a che fare con loro. Penso sempre: un giorno annoto tutto, tutti questi pensieri notturni, tutte queste assurde esperienze di viaggio, ne faccio un puzzle, una storia, mi metto al tavolino per sette settimane o giù di lì e scrivo un libro che mi renderà famosa in tutto il mondo. Come quella che a diciassette anni in un'estate ha scritto *Bonjour Tristesse*. È l'unica cosa che riesco a immaginare per la mia vita, l'unica cosa che potrei mettermi a fare in qualsiasi momento, senza bisogno di ulteriori qualifiche. Non voglio assolutamente diventare una donna in carriera. Piuttosto preferisco vivere una vita disperata, che sia come un'unica esplosione. Bruciare, bruciare, bruciare come una barra nucleare che ha subìto una mutazione e poi un bel giorno fa zzzzzzzzrb! e muore. Come una mosca che vola nella luce. E poi, una volta tornata nell'eternità, racconterei a tutti di lasciar perdere il noioso pianeta Terra, dove tutto scorre senza sosta e non si ferma mai."

Rimaniamo in silenzio alla finestra, una accanto all'altra. Leoni respira rumorosamente.

"Ah, scusa, mi arrabbio sempre così" dice.

"No, figurati" dico io.

"Quando poco fa ti sei avvicinata a casa mia e poi hai anche suonato il campanello ho pensato che fossi una pazza" dice ridendo.

"Perché mi hai aperto allora?"

"Perché mi annoiavo e perché ho pensato che forse ti mandava qualcuno."

DAVID
Un martedì, alle 2 e 56

Una notte fredda, di quelle in cui i tombini esalano vapore. Le nuvole passano nel cielo. Un'invernale luna piena splende gialla dietro a strie grigio-blu stendendo sulla facciata dei palazzi un chiarore arancio sporco. Per essere un martedì notte sono ancora molte le finestre illuminate. Quasi una sì e una no. Forse è vero che i pleniluni rendono la gente insonne.

Nei pressi di un incrocio, sul davanzale di una finestra a bovindo al secondo piano c'è una candela accesa, vedo una testa di uomo appoggiata allo schienale di una sedia. Siede immobile e silenzioso, col viso rivolto verso la stanza e io mi chiedo cosa stia guardando.

Quando mi apre la porta come prima cosa noto i suoi capelli grigi spettinati. Ha un aspetto sgualcito. Con la sua lunga camicia bianca sarebbe più adatto a un party estivo a Long Island che non a questa notte cittadina. Il suo viso però non sembra rilassato in stile Long Island, sembra piuttosto il viso di uno che è stato lasciato dalla moglie e da allora beve la stessa quantità di vino rosso che prima bevevano in due.

Sembra non capire quel che voglio o non ascoltarmi davvero, in ogni caso pare assente. Comunque non ha nulla in contrario se entro. A destra alcuni metri di corridoio, parquet laccato bianco, per quanto posso vedere. Procedendo dritti si arriva in un soggiorno spazioso con i soffitti alti. In fondo a sinistra il bovindo con la candela e davanti una sedia a dondolo. Alle pareti ci sono grandi armadi di legno con le ante a specchio, vecchie vetrine danesi con calici da spumante e porcellane. A destra, una porta a doppio battente dà sulla sala da pranzo. Al di sopra di un bianco tavolo rotondo è appesa alla parete una tela con variopinte macchie di colore.

Al centro della stanza, nel punto che l'uomo stava probabilmente fissando dalla sedia a dondolo, giacciono due valigie aperte, così grandi che in ciascuna si potrebbe infilare un bambino di cinque anni e spedirlo. Dalle valigie spuntano fuori camicie, cavi, gambe di pantaloni e maniche di giacche in velluto a coste, tweed e jeans.

Il tipo rimane un attimo impacciato in mezzo alla stanza, poi si rivolge verso di me: "Vuoi bere qualcosa?"

"Ehm..." dico, ma lui è già scomparso in corridoio.

Mi siedo al tavolo. C'è silenzio. Mi chiedo che aspetto avrebbe la sala da pranzo se vi si tenesse un dinner party. Ogni sedia sarebbe occupata, ci sarebbero piattini pieni di olive sott'olio, vassoi di antipasti libanesi o siriani e appannati bicchieri di vino bianco. Tutti indosserebbero abiti intonati con la camicia stile Long Island del mio ospite. Una donna, appoggiata con le spalle alla porta a doppio battente, rovescerebbe il capo all'indietro ridendo, tra i denti un pezzetto di falafel preso dal piattino nella mano sinistra.

"Ti piace il vino, sì? È molto buono."

L'uomo torna con un bicchiere di vino bianco e me lo mette davanti. La donna appoggiata alla porta è scomparsa. Tutte le sedie sono di nuovo vuote. Vorrei bere un sorso di vino, ma il vetro è così sottile che ho paura di romperlo al primo tocco.

"Mi chiamo David, e tu?"

Mi strofino il naso e tossicchio per guadagnare tempo. Mi invento un nome a ogni visita. Spesso riesco perfino a evitare di doverlo dire, basta parlare tanto. Alcuni nemmeno mi chiedono come mi chiamo. Come se questo di notte non avesse importanza.

"Jean" dico alla fine. È tra i miei preferiti sulla lista dei nomi possibili. Da bambina avevo un maglione con la scritta JEAN. Jean come jeans, ma senza S. Ho a lungo pronunciato il nome proprio così, "giiin" con una I strascicata. Poi però sono venuta a sapere che si può dire anche "gioon", con una G dolce e una O bassa, molto francese. Ma, indipendentemente dalla pronuncia, il nome sembra fatto apposta per qualcuno che non è né un ragazzo né una ragazza, insomma del tutto normale. Mi piace.

"Jean?" chiede lui.

"Va bene, no?"

"Sì, va bene."

Poi mi affretto a porre io le domande, per impedirgli di raccogliere altre informazioni su di me.

Vengo a sapere che l'appartamento non è suo, ma di una vecchia amica. Non la vede da più di quindici anni, e al momento lei si trova per alcuni mesi in Israele per costruire un museo. Si sentono al telefono ogni giorno, non importa in quale paese si trovino. Però non riescono a vedersi di persona.

"Nessuno mi conosce bene come lei e nessuno la conosce bene come la conosco io" dice. "Suona un po' strano, ma credo che a un certo punto il fatto di incontrarsi abbia perso importanza perché abbiamo capito che siamo vicini anche così."

Sorride. "Ma è davvero assurdo: in questo appartamento ci sono già stato almeno tre volte, quando venivo a Monaco per motivi di lavoro. E lei è stata nel mio appartamento di Chicago altrettanto spesso. Ogni volta l'altro era lontano da casa. Ci siamo mancati sempre d'un soffio, chi su un aereo, chi su un altro. Abbiamo un'usanza però, lasciamo sempre qualcosa all'altro, una saponetta, una sciarpa o uno spazzolino. Come a dire: vedi, ci sono. Io ero qua."

"E adesso cosa fai?" chiedo.

"Ho un posto fisso a Monaco, presso una fondazione culturale internazionale. Era da un pezzo che volevo tornare a Monaco. Adesso finalmente ce l'ho fatta. Ho girato il mondo per quindici anni. Era ora di tornare a casa. Sono nato qui."

Prende un gran sorso di vino e lo tiene in bocca, per gustarlo appieno. Poi lo manda giù, si passa una mano sul viso sgualcito e mi guarda con espressione stanca. Mi chiede di nuovo perché faccio queste visite notturne. Glielo spiego.

"Di per sé è una cosa buona" dice. "Piacerebbe anche a me. Fare semplicemente un salto dagli altri. Vedere cosa fanno. E niente più. Credi che là fuori ci sia qualcuno che esattamente come me se ne sta seduto in un qualche appartamento, con i postumi del jetlag e senza sapere dove andare, a interrogarsi su cosa succederà adesso?"

"Ma tu lo sai cosa succederà adesso" rispondo.

"Be'," dice lui "domani dovrei cominciare a cercarmi un appartamento. Ma forse aspetto che Catherine torni dall'Israele. Sono esausto. Non voglio occuparmi di nulla. A dire il vero non ho nemmeno più voglia di lavorare."

Fa di nuovo un sorriso stanco.

"Secondo te che dovrei fare?" chiede alla fine.

Gli dico che so troppo poco sul suo conto per poter rispondere a questa domanda. E chiedo: "Hai una famiglia, insomma bambini, moglie o roba del genere?"

"Be'..." dice strofinandosi gli occhi. "Sono stato solo per anni. Mi piaceva. Da soli si può andare dappertutto e non ci si deve mettere d'accordo con nessuno. Non appartengo a nessuno – ecco la frase che mi sono sempre ripetuto. Poi però arrivò Ivo. E soltanto allora mi resi conto di quanto ero stato solo in passato. Quindi forse anche quella storia di non voler appartenere a nessun luogo era un po' una bugia."

"Ivo è il tuo compagno?"

"Ivo è stato il mio compagno per sette anni. È morto un anno fa. Era molto malato."

Solo adesso mi decido a prendere il bicchiere e a bere un sorso. Non si rompe. Vorrei dire qualcosa come "mi dispiace" oppure "condoglianze". Ma non so come. Suonerebbe senz'altro affettato. Allora cerco di mettere nel mio sguardo quanta più commozione possibile per fargli sentire che sono dalla sua parte. E poi dico: "Mi vuoi raccontare di Ivo?"

"Sì" mi risponde. "L'ho conosciuto a Mosca. Parlava correntemente sette lingue. Era uno che, come si suol dire, viveva di rendita. Di buona famiglia, non aveva mai dovuto lavorare. Per questo prendeva una laurea dopo l'altra. Passava le giornate nella biblioteca dell'università. Ci siamo scambiati là le prime parole. Non si vedeva che era ricco. Viveva in un piccolo appartamento, possedeva solo lo stretto necessario e non parlava mai di soldi. Dopo i nostri primi incontri abbiamo fatto lunghe passeggiate, chiacchierando senza sosta. E, come succede in questi casi, a un certo punto era chiaro che ci volevamo troppo bene per rimanere divisi. Veniva molto spesso da me negli Stati Uniti. Non mi è mai pesato. Sapeva come comportarsi, mi ha sempre lasciato i miei spazi. Già dopo sei mesi sapevo che lui era qualcuno con cui sarei rimasto volentieri fino alla fine dei miei giorni."

Sbuffa. "Suona sdolcinato, eh? Come se lo dicessi soltanto perché è finita, una sorta di idealizzazione dettata dalla nostalgia. Ma non è così. Con lui l'ho pensato veramente: voglio stare per sempre al suo fianco. Non riesco a immaginare di vivere senza di lui. Non voglio morire. Non voglio che lui muoia. È perfetto così. L'ho pensato praticamente ogni giorno. E poi, quasi lo avessi evocato, ecco che gli viene il cancro."

Si gira verso di me e mi guarda con insistenza, come se si aspettasse una reazione.

"Non so se riesci a immaginare cosa si prova, perché per me è stato subito chiaro che cercare di farsene un'idea è ridicolo in confronto a quello che si prova realmente. Non mi sono mai sentito tanto inutile. Ovvio, il mondo è grande e io sono del tutto autonomo e ho così tante possibilità. Ma è proprio questo il problema. Sono solo. Non c'è alcun sostituto per Ivo. Una metà di me è al buio e io continuo a vagare qui come un'oca senza testa, no, ancora peggio, è l'esatto contrario, come una testa senza il resto, proprio così."

Dopo una frase simile non si può dire nulla, penso, e rimaniamo a lungo in silenzio a guardare le valigie. A un certo punto si alza e si sposta per un po' in cucina, dove lo sento armeggiare. Poi torna con due tazze fumanti.

"Vuoi anche tu? È acqua bollente, ora ci aggiungo del rhum."

"Ok" dico. Apre la vetrinetta, tira fuori una bottiglia di rhum e versa nelle tazze un paio di sorsi generosi.

"Vieni, andiamo alla finestra" dice, gira nel bovindo la sedia a dondolo, poi avvicina uno sgabello da cui ha tolto alcuni libri. "Siediti pure sulla sedia a dondolo" dice. Sposta la candela, si appoggia con i gomiti al davanzale e guarda fuori. Ci sono ancora, insolitamente, molte finestre illuminate.

"Credi abbia a che fare con la luna piena?" chiedo.

"Cosa?"

"Be', tutta questa gente sveglia a quest'ora."

Fruga nella tasca dei pantaloni e tira fuori un iPhone, lo appoggia sul davanzale. Le 3 e 49. Come sfondo ha la foto di un vulcano fumante, un'istantanea.

"Amo i vulcani" dico.

"Ivo voleva andare in vacanza solo in posti dove ci sono vulcani. Una volta ha detto: 'Nella mia vita precedente, se c'è qualcosa del genere, ero di sicuro un vulcano.' Questa foto l'ho fatta a Lanzarote. Mi pare buona, in qualche modo. È l'unica cosa che riguarda Ivo e al tempo stesso non mi fa troppo male, perché penso che adesso è di nuovo parte della natura e dunque in un certo senso parte dei vulcani."

"Che bello" dico.

"Non mi sembrano poi molte, le persone ancora sveglie" dice David.

"Sì, invece! Ormai ho esperienza, e per un giorno infrasettimanale sono davvero tante le finestre illuminate. Guarda. Una, due, tre, quattro, cinque, sei, e se si aggiunge quella là oltre l'incrocio, che si riesce ancora a vedere, arriviamo addirittura a sette."

"Mah" dice lui. Riesco a immaginare quello che pensa. A Mosca o a Chicago è di sicuro tutta un'altra cosa.

Rimaniamo seduti e guardiamo fuori.

Di tanto in tanto lui dice qualcosa. Per esempio: "Credo che quella laggiù stia facendo il bagno."

Di nuovo cinque minuti di pausa, poi dice: "E là di fronte c'è un tipo seduto sul pavimento, cerca da ore di rincollare la tazza preferita della sua collerica coinquilina, gli è caduta per terra quando è tornato a casa ubriaco, voleva prepararsi un panino veloce in cucina, con il würstel da spalmare, di nascosto, col würstel di lei, perché c'era solo quello e lui odia andare a fare la spesa."

Ogni tanto dico anch'io qualcosa e allora David rettifica e mi dice no, no, hai un modo di pensare troppo romantico, la vita è molto più banale.

Va avanti così per un pezzo.

A un certo punto è visibilmente ubriaco. Quando sto per andare al bagno mi prende per un braccio e dice con la lingua impastata: "Sai cosa penso? Lo so che sembra strano, ma sarebbe bello se d'ora in poi cominciassimo a incontrarci spesso e inventassimo storie sulla gente."

Poi vado al bagno. Quando torno lui è sulla sedia a dondolo e dorme.

Premo un tasto sul suo telefono. Le 5 e 29. Esco di soppiatto dalla stanza e da quella casa. La luna è scomparsa. Sempre più luci alle finestre. La città si sveglia.

NADÈCHE

Un giovedì, alle 3 e 43

Una notte tempestosa. Sacchetti di plastica e mozziconi di sigaretta turbinano per strada, in lontananza si sente il rumore di qualcosa che sbatte. Un'imposta non fissata, una porta che si chiude di colpo, un bidone che rotola, una sedia di plastica che si rovescia davanti a un bar. Ogni tanto una luce guizza per alcuni secondi dietro alle finestre dei condomini, ma si spegne subito. La gente non dorme tranquilla. Ci metto un po' a trovare una finestra dietro alla quale sono certa ci sia qualcuno che non si è svegliato solo per poco, per prendere un bicchiere d'acqua o per andare al bagno. È al quarto piano di un edificio giallo di recente costruzione. A destra, una tenda bianca tirata a metà. A sinistra, un punto bianco luminoso getta tremolando ombre inquiete sul telaio della finestra, probabilmente una candela che da quaggiù non posso vedere.

Quando arrivo di sopra la porta è soltanto socchiusa, tenuta ferma da una catenella di metallo. Un mezzo viso di ragazza mi guarda da un occhio leggermente strizzato, mi indaga, esita, poi sento la catenella scorrere lentamente nella guida. Capelli biondo cenere lunghi fino alle spalle, un viso rotondetto, occhi grandi. Indossa un pigiama troppo largo color azzurro chiaro. Subito dietro alla porta, un angolo cucina piastrellato in giallo, privo di porta. A destra, un corridoio lungo cinque passi conduce alla stanza illuminata. Sul davanzale c'è davvero una candela, bianca e quasi tutta consumata, che getta i suoi tremori nella stanza. Davanti, una scrivania di vetro su cui, tra una tazza da caffè blu scuro vuota e un laptop, giacciono fogli di carta e lettere ancora chiuse. Alla parete di sinistra sei scatoloni con borse in pelle consunta, stivali, foulard, cappelli e videocassette. Riesco a distinguere *Cruel Intentions* e *Pulp Fiction.* Da alcuni scatoloni pendono dei cavi, da uno un asciugamano coloratissimo, da un altro un phon. Lì accanto c'è una macchina da presa, su un tappeto rosso scuro a trama grezza ripiegato come se qualcuno vi avesse inciampato. La stanza, dalla forma piuttosto allungata ha, poco distante dalla finestra, una rientranza rettangolare in cui c'è spazio esattamente per un materasso. Al di sopra, una stoffa bianca è fissata con piccoli chiodi grigi alla parete e tenuta insieme, in basso, da un elastico per capelli.

La ragazza si siede su un angolo del materasso, cerca qualcosa dietro alla stoffa bianca e tira fuori una borsa dell'acqua calda grigia che lascia cadere sul pavimento per appoggiarci i suoi piedi nudi. Indica la stoffa inchiodata alla parete sopra il letto.

"È una specie di baldacchino, che si chiude quando si vuole dormire sentendosi come in una caverna. L'ho visto una volta in un vecchio dipinto. Conoscevo già baldacchini e letti con tende drappeggiate, di quelli che si vedono ad esempio nei quadri con letti regali in velluto rosso, ma non sapevo che si usassero veramente, che venissero chiusi. Credevo fosse solo una decorazione fissa. Be', in confronto al letto di un re, il mio sembra più quello di un barbone che si è costruito una nicchia per dormire nella metropolitana."

Si chiama Nadèche. Dopo la maturità, dieci anni fa, ha cominciato subito a guadagnarsi da vivere. Lavorava alle fiere, come cameriera, alla cassa, e di recente ha aperto un negozio su eBay dove vende roba tipo della nonna, recuperata a poco prezzo al mercatino delle pulci, "come si trattasse di pregiati pezzi vintage" dice. Indica con un cenno della testa le scatole addossate alla parete.

Non dorme perché non riesce a dormire, "molto semplicemente". Tutto di notte è così irrequieto, dice. Anche se dalla finestra non si vede passare nessuno, si avverte come la gente si rigiri nel letto. È come se un calore smanioso fluisse dai letti e percorresse le strade senza sapere dove andare.

Fa rollare i piedi avanti e indietro sulla borsa calda, l'acqua all'interno fa glu glu. Poi prende un profondo respiro, tira su le spalle fino alle orecchie, chiude un occhio, mi guarda con l'altro e dice:

"Ok, a essere sinceri non è questo a tenermi sveglia. Ma c'è da vergognarsi un po' della verità, perché è proprio cretina." Comincia a parlare più velocemente. "Insomma: a me piace sapere che la gente è sveglia. Perché ho una paura terribile della solitudine. Riesco a dormire bene solo quando fuori ci sono ancora luci accese e si sentono quanti più rumori possibili. Ma oggi non funziona. Oggi ho avuto una di quelle giornate in cui la paura è troppo grande per poterla scansare."

Nadèche ha paura che il suo cuore si arresti. In piena notte, senza che nessuno se ne accorga. Per giorni e giorni. Si immagina la scena con assoluta precisione, dice, il primo o la prima che la trova, il suo corpo rigido, pallido e freddo visto da sopra e poi lo shock, l'orrore, l'enorme compassione per quella giovane vita, venuta a mancare troppo presto.

"Anche quella del baldacchino è proprio una fesseria" dice. "Me lo sono costruito apposta e adesso non mi fido a chiuderlo del tutto, se non quando qualcuno dorme da me, un'amica, un tipo. Se sono lì dentro da sola, mi viene subito una sensazione strana, un miscuglio di claustrofobia, senso di ansia e diffidenza verso quello che succede fuori. Come se ci fosse qualcuno in agguato. Ci penso sempre anche quando faccio la doccia. Se mentre mi faccio lo shampoo mi finisce qualcosa negli occhi, mi prende il panico e li risciacquo subito perché devo sempre essere in grado di vedere intorno. Oppure quando succede che c'è un po' di corrente nella stanza, aria calda che incontra aria fredda anche se nessuna finestra è aperta, in bagno per l'appunto – allora la tenda della doccia si muove e a me viene una paura matta e vedo già l'assassino col coltello in mano. Come in *Psycho.*"

Ha una voce profonda ma anche con qualche inflessione da ragazzina, e di tanto in tanto vi si insinua inaspettatamente un tono roco, quasi come un guaito, e un attimo dopo è di nuovo limpida. Ascoltare Nadèche è un'esperienza per i sensi, come se si seguisse una specie di scrittura Braille, non con le dita ma con un udito finissimo.

"Ogni volta che decido di andare a letto ho un mio rituale per calmarmi. Vado alla finestra, scosto le tende e mi sporgo fuori per qualche minuto. L'aria fresca mi tranquillizza, i rumori della città, le macchine in lontananza, tutti svegli, tutto ok. Poi ispeziono il marciapiede per accertarmi che non ci sia nessuno o magari soltanto una barcollante coppietta ubriaca. Mi aspetto sempre il peggio. Di scorgere qualcuno, un uomo nero e folle che mi guarda. E di accasciarmi in preda allo shock sul pavimento senza riuscire a chiamare aiuto. Ma so che è solo una fantasia assurda, e sono contenta quando mi rendo conto che è tutto ok. Allora mi avvicino piano al letto, lascio il baldacchino aperto e accendo una candela. Ma appena chiudo gli occhi avverto i battiti del mio cuore e mi innervosisco. Li conto facendo attenzione a ogni anomalia, trovo che siano troppo veloci. E allora ecco di nuovo le immagini di me morta a letto il mattino dopo. Di come alle cinque del pomeriggio passando davanti a casa mia le tende siano ancora tirate. E di come più tardi, la sera, di notte, o forse a distanza di giorni, vengano riaperte dalle mani di un poliziotto con l'espressione seria, e di come alcuni minuti dopo il mio corpo venga portato fuori su una barella, coperto da un telo." Riappoggia i piedi sulla borsa dell'acqua calda.

"Allora spesso devo accendere tutte le luci e distrarmi. Leggere il giornale o guardare la tv, qualche programma per bambini, oppure ascoltare cassette o riordinare. Quello che vedi qui è tutto ciò che possiedo, insieme alle cianfrusaglie che vendo. Sposto sempre tutto da una parte all'altra e rifletto sul tipo di scaffale da comprare per fare ordine una volta per tutte. Non posso mica continuare ad ammucchiare la roba negli scatoloni." Pigia di nuovo nervosamente sulla borsa dell'acqua calda.

"Soltanto la mattina presto, quando si fa giorno, riesco a rilassarmi. Allora subentra uno stato di calma, di indifferenza, perfino il pensiero di morire smette di tormentarmi. Allora desidero solo chiudere gli occhi e lasciare andare il respiro avvolta nelle lenzuola. E poi dormo fino al pomeriggio." Prende la borsa dell'acqua calda e se la appoggia sulla pancia. Ci passa sopra le mani.

"Ormai è quasi fredda," dice "ma che ore sono?" Infila una mano sotto il drappo del baldacchino e tira fuori un cellulare. "Le 4 e 23" dice. Poi tace. Mi guarda irritata. Poi: "Dimmi un po', capita anche a te di guardare l'orologio sempre agli stessi orari? A me succede alle 23 e 11, a mezzanotte in punto, all'una e 28, e credo anche alle 4 e 23, adesso che ci penso. Allora ho un brivido di paura e penso: no, per favore non di nuovo mezzanotte in punto, non di nuovo le 4 e 23 e così via." Sospira. "Sai cosa mi ha detto un amico poco tempo fa? Ha detto: 'Rilassati, Nadèche, a me succede a ogni ora. E sai perché? Perché ormai sono così vecchio e ho visto ogni ora così tante volte che le conosco tutte alla perfezione.' Lui ha trentanove anni. Quindi forse è normale ed è solo il mio cervello ad andare contromano."

Poi comincia a ridere. Una risata sonora e bassa, al tempo stesso limpida e roca, tutti i toni della sua voce risuonano insieme con l'aggiunta di un gorgoglio, come quello della borsa dell'acqua calda poco fa. Nadèche dà l'impressione di essere una ragazza spensierata e serena. Non si sospetterebbe mai che è tormentata da tanti brutti pensieri. Di una come lei la gente pensa: non c'è niente di cui preoccuparsi.

"Adesso dovresti andare" dice Nadèche. "La misura della mia follia è colma, credo. Così almeno direbbero le mie sorelle minori. Ti chiederei di fermarti da me, perché la tua presenza in qualche modo mi tranquillizza. Ma devo farcela da sola. Rimarrò di sicuro sveglia finché si fa giorno, perché appena sarai di nuovo giù in strada mi tornerà la paura. Ma ti giuro che prima o poi riuscirò ad addormentarmi tutta sola sotto il baldacchino chiuso senza doverlo legare con il mio elastico per capelli. Dormirò tranquilla e rilassata e il mattino dopo mi sveglierò normalmente, viva e riposata come tutte le altre persone. Te lo giuro! E allora sai cosa, mi faccio fare un tatuaggio. Un orologio al polso sinistro con un bell'orario, forse le 4 e 23."

Quando scendo in strada la bufera si è calmata. Nadèche rimane alla finestra finché ho svoltato l'angolo.

MAX

Un martedì, alle 2 e 51

Un condominio grigio chiaro con davanzali ricoperti da una patina verdastra. Una luce al secondo piano. Da qui non vedo tende né altri dettagli, solo una grande sfera luminosa che pende dal soffitto. Suono e, senza che qualcuno risponda al citofono, il portone si apre con un ronzio elettrico.

Di sopra la porta è aperta, ma non si vede nessuno. "Un attimo" urla una voce, dopodiché sento lo sciacquone del WC e l'acqua scorrere da un rubinetto, poi compare un tipo alto quasi quanto la porta, uno spilungone con i capelli un po' spettinati lunghi fino alle orecchie, barba ispida, una maglietta con lo scollo a v esageratamente ampio, e peli chiari sul petto. Occhi azzurri, ciglia bianche. È scalzo, i suoi jeans sono tagliati all'altezza delle caviglie e sfrangiati.

"Oh" dice un po' imbarazzato quando mi vede. "Credevo fosse qualcun altro."

Mi fa entrare lo stesso. Un pavimento in massetto, riscaldato, c'è un bel caldo qui, e in corridoio si sente odore di legno e di qualcosa di fresco, come se qualcuno avesse appena sbucciato una mela. Subito a destra c'è la sua stanza, lui stende un braccio per indicarmela: "Entra, puoi tenere le scarpe."

Davanti all'ampia finestra, un termosifone di quelli che si vedono negli atri delle università o delle scuole, basso e così massiccio che si può usare come sedile riscaldato. Ci sono appoggiate sopra due spesse stuoie in feltro. Davanti, un piccolo carrello di metallo nel quale giacciono giornali, riviste e diverse cianfrusaglie, una copia di "Bild am Sonntag", una di "brandeins", una di "inTouch", una pallina magica rosa, gli involucri gialli di alcuni ovetti sorpresa, una confezione aperta di Happy Cola Haribo.

Ci sediamo sulle stuoie di feltro calde.

"Chi aspettavi?" domando.

"Un'amica. Julia. Lavora al bar all'angolo e qualche volta viene da me per un drink dopo il suo turno di lavoro."

Gli chiedo di raccontarmi la storia della loro amicizia. Una volta, sei mesi fa, lui ha passato tutta la notte nel bar di Julia. Allora non si conoscevano per nome, lei era semplicemente la cameriera e lui il tipo seduto al bancone. Non ha bevuto alcolici perché doveva riprendersi dalla sbronza della sera prima ed era sveglio a quell'ora perché si era alzato soltanto alle sei di sera. Insomma, per lui era come se fosse mattina. Si è seduto al bancone da Julia a leggere il giornale. Fino alle tre di notte. Verso le tre e mezza il locale si è svuotato, e Julia ha chiesto a Max di pagare il conto.

"Non ho voglia di andare" ha detto lui. "Tanto non riesco a dormire."

"Be', puoi rimanere qui finché non finisco. Poi chiudiamo insieme. Ma devi leggermi qualcosa, intrattenermi un po'."

"Ok" ha detto Max. "Che ti interessa?"

"Dimmi che c'è sulla pagina che stai leggendo."

"Oh, stupidaggini, una doppia pagina di ricette per dolci. Posso cercare qualcos'altro."

"No, no, leggi pure. Le ricette vanno benissimo."

"Perfetto. Io ti dico il nome di un dolce e tu dici sì o no, insomma se ti piace oppure no."

"Ok."

"Torta alle mandorle e quark."

"Mandorle e quark? E che roba è? Col quark? Non riesco a immaginarmela. No."

"Torta ciliegie e cioccolato."
"Che noia."
"Torta tempesta."
"Oddio, no, troppo drammatica."
"Rotolini di lamponi."
"Insulsi. Non c'è niente di libidinoso?"
"Per esempio?"
"Ah, non lo so, mah... continua, dài."
"Torta al limone."
"Sì!"
"La torta al limone non è noiosa?"
"No, che dici. Non hai mai mangiato una torta al limone?"
"Sì che l'ho mangiata."
"Be' allora lo sai. La torta al limone è come il gelato al cioccolato, come la Coca-Cola o l'uovo in camicia con avocado. Sempre buona."
"Come ti chiami?"
"Julia. E tu?"
"Max."
"Però, hai una buona memoria" lo interrompo.
"Sì" dice lui con convinzione. "Ma attenta, mica è finita qui. Allora, sto seduto e mi sono appena presentato, Julia non dice più niente e continua ad asciugare i bicchieri. Naturalmente l'ho osservata per tutta la sera e la trovo proprio fantastica. Ha un modo di fare sicuro di sé, si muove con disinvoltura nel bar. Sa il fatto suo. Ha i capelli tutti in disordine, non è per niente vanitosa, il che secondo me è sempre una cosa positiva. Il suo sopracciglio destro in qualche modo è diverso dal sinistro, è un po' storto. Insomma, continuo a guardarla di soppiatto, poi chino di nuovo la testa sul giornale. Ancora la ricetta della torta al limone, e d'un tratto dico: 'Non mangio una torta da secoli, e tu?' Non faccio in tempo a pronunciarla che già penso: ma

che razza di frase stupida... Lei però reagisce in modo molto gentile. Dice: 'Davvero? Io cucino spesso dolci. Dopo un turno di lavoro, ad esempio, per rilassarmi. Quando chiudo il bar alle tre e mezza non mi addormento mai prima di un paio d'ore. Allora tanto vale cucinare qualcosa. E poi non c'è niente di meglio che svegliarsi il pomeriggio con un dolce appena sfornato per colazione.'

E io: 'Forte. Lo fai anche oggi?'

Lei però: 'No, non credo. Non ho né il latte né le uova, ultimamente non trovo sempre il tempo di fare la spesa.'

Allora mi scappa da dire: 'Ho la macchina. Possiamo andare a fare la spesa al supermercato dell'aeroporto. Io ogni tanto lo faccio. Fare la spesa di notte è molto pratico. E poi secondo me è divertente girare l'aeroporto di notte.'

'Mmh...' dice lei. 'Lasciami pensare. Sistemo al volo la cassa.'

E così siamo davvero andati insieme all'aeroporto per fare la spesa. Poi si è fatto giorno. E hanno cominciato ad atterrare i primi aerei. Sulla via del ritorno ne abbiamo visto uno, vicinissimo. Per alcuni tratti la strada corre parallela alla pista di atterraggio. E c'è un punto in cui si può scendere sullo sterrato e arrivare direttamente alla pista di rullaggio. Julia ha gridato: 'Svolta!' e io ho svoltato. Abbiamo parcheggiato la macchina in retromarcia e aperto il portabagagli, ci siamo seduti lì dietro e abbiamo guardato gli aerei. Julia aveva comprato una bottiglia di Cherry Coke da due litri. Ce la siamo bevuta ruttando senza sosta. Giocavamo a chi faceva il rutto più lungo. Poi Julia ha tirato fuori dal sacchetto della spesa il cioccolato da copertura, lo conosci? Quello a grandi blocchi. Secondo Julia si presenta meglio del cioccolato normale. Perché i pezzi sono grossi e golosi, come nei fumetti. Ne abbiamo mangiato un bel po', poi a un certo punto ci siamo sentiti male e stanchi. Così l'ho riportata a casa."

Max pare del tutto assente mentre racconta. Guarda verso il muro ma sembra attraversarlo con lo sguardo, come se avesse davanti il cielo e le nuvole, e non la parete di una stanza.

"In seguito ci siamo visti spesso al bar, e una sera l'ho invitata a salire da me dopo il lavoro e da allora viene regolarmente."

"Quindi siete una coppia?"

"Ma no, forse sì, dài, ma solo un po'" dice Max fissando il suo cielo. "Comunque non funzionerebbe. A volte mi vengono a trovare anche altre donne. E non so con quanti altri uomini si vede lei. Non ne parliamo mai."

Max e Julia hanno un accordo: se la luce è accesa può suonare. Se vede una candela invece no. E neanche quando è buio.

Ma in genere la luce è accesa.

Gli chiedo come mai è nottambulo.

Mi dice che non va mai a letto prima delle tre e mezza. Addormentarsi prima di mezzanotte non gli dà soddisfazione. "Voglio vedere un giorno lasciare il posto a quello successivo. Chiaramente a pensarci bene è una sciocchezza, il passaggio tra un giorno e l'altro, che cosa è mai? Un'ora come tante, una convenzione. Eppure ne sento il bisogno, voglio che il calendario sul mio computer passi al giorno successivo prima di mettermi a dormire."

Nella sua famiglia vanno tutti sempre a letto presto, racconta. Troppo presto. Le notti d'estate, quando talvolta faceva buio soltanto alle dieci e mezza, per lui erano le peggiori: "Fuori era ancora pieno giorno e da noi già alle otto, otto e mezza, un silenzio di tomba. Tutti già assopiti, solo io rimanevo sveglio per ore a letto senza avere il coraggio di muovermi. Ancora oggi mio padre va a dormire alle otto di sera. Te lo immagini! Non conosce la notte. Veramente, da quarant'anni a questa parte non vede la notte. Ma è come rannicchiarsi arresi di fronte alla notte, no? Secondo me è da vigliacchi."

Sorride.

“Forse per me è stato un trauma o qualcosa del genere.”

Max sposta e sistema la stuoia di feltro sotto il sedere. “Il mio coinquilino dice sempre: ‘Vivere sul confine tra oggi e domani è la cosa migliore!’ Non gli ho mai chiesto cosa intenda, ma suona giusto. E se sto sveglio più a lungo, ho anche meno bisogno di sonno. Se vado a letto alle quattro dormo al massimo fino alle undici. Se ci vado a mezzanotte e mezza dormo lo stesso fino alle dieci.”

In quelle ore in genere non fa altro che bighellonare, dice. Disegna un po’, progetta la casa dei suoi sogni, la arreda, la dota di improbabili scantinati e mansarde, ci disegna intorno un intero paesaggio, strappa il foglio, ricomincia da capo. Di notte, dice, gli riesce più facile, perché di notte tutto è meno serio, di notte pure le persone perbene con un lavoro in regola si lasciano andare a sogni sfrenati, ecco perché di notte c’è spazio per tutto quello che di giorno non ne ha.

Max si guadagna da vivere come tecnico delle luci in un teatro, a sentire lui come “inseguitore”. Aziona il cono di luce che durante la rappresentazione viene puntato sui personaggi principali. “Non c’è bisogno di nessuna competenza particolare, tranne forse una certa capacità di concentrazione” dice. Poco prima che lo spettacolo cominci, riceve uno schizzo con le entrate in scena degli attori da illuminare, e poi si parte.

Max siede con la schiena rivolta verso la finestra. Io ho piegato una gamba appoggiandola al termosifone e posso guardare sia fuori dalla finestra sia verso la porta della stanza. All’improvviso mi accorgo di una ragazza in piedi sul piazzale. Guarda in alto nella nostra direzione.

“C’e qualcuno là” dico.

Lui si gira, e quando lei lo vede oscilla incerta da destra a sinistra, poi gira sui tacchi e fa per andarsene.

“Ferma,” grida Max spingendomi da un lato “aspetta.” Afferra la maniglia, apre in fretta la finestra e urla: “Julia, fermati, vieni su, puoi salire, vieni!”

Io la sento ridere, una risata forte e roca, e fare una battutaccia che però non capisco.

“Adesso purtroppo devo mandarti via” mi dice Max. “È Julia. E ora lei pensa che tu sia un’altra... Insomma, mi capisci.”

Julia e io ci incrociamo correndo per le scale. Mi fa un cenno col capo, senza sorridere. Le nostre spalle si sfiorano. Profuma di limone.

GUSTAV
Un venerdì, alle 4 e 04

Una villa gialla sul canale di Nymphenburg. Al primo piano, tutto a sinistra, ci sono due finestre illuminate. L'ingresso principale si trova sul lato frontale dell'edificio, ma c'è una seconda entrata sul lato sinistro. Per raggiungerla devo attraversare un vecchio portone di legno. Due campanelli con due nomi diversi, premo su quello più in alto. Si accende una luce e io sento dei passi smorzati su una scricchiolante scala di legno. La porta si apre e mi compare davanti un uomo con la barba grigia, in vestaglia blu scuro e pantofole chiare di feltro.

"Le pare l'ora di fare visita alla gente? Scusi, ma lei chi è?"

Ha una voce che si ascolta volentieri, da narratore. Penso automaticamente al rumore prodotto dalle suole di cuoio su un sentiero di sabbia indurita. La sua voce ha proprio questo crepitio, basso, profondo.

Mi fa strada. Un vestibolo stretto, che odora di soffitta. Anche di sopra è tutto molto angusto – in cima alla scala c'è la porta del suo appartamento. Sembra più la porta di una stanza, vecchia e senza chiave. Non si chiude nemmeno più bene. Dopo essere entrati nella stanza, l'uomo la spinge più volte con forza contro il telaio, ma quella continua a rimanere socchiusa. Dentro fa caldo. All'odore di soffitta se ne aggiunge uno di legno e lana, antico ma non senile. Proprio accanto all'ingresso c'è un semplice letto a una piazza, di quelli che in genere possiedono soltanto i giovani o gli anziani, uomini abituati a dormire da soli. Sulle lenzuola in flanella si ramifica un motivo a fiori marrone scuro. Di fronte alle finestre troneggia una lunga scrivania con due sedie davanti, una verde da ufficio con le ruote e una vecchia sedia blu da cucina con la lacca scrostata.

"Osservale," dice il vecchio "quale sedia ti sta più simpatica?"

"Credo quella verde" rispondo.

Lui ride. "Bene. Si dovrebbe sempre sapere da che parte si vuole andare. Cosa ti piace della verde?"

"Il fatto che ha le ruote."

Ride di nuovo. "Molto bene, allora sediamoci. Vuoi fumare? Purtroppo non sopporto l'odore di sigaretta. Però puoi fumare la pipa insieme a me. Ne ho una per gli ospiti."

Si avvicina a uno scaffale, prende una scatola blu da biscotti, mi si siede di fronte, apre la scatola e comincia a caricare una pipa. E poi un'altra. A me porge la più piccola, ha il colore e la lucentezza di una castagna appena aperta. Il tabacco odora di miele e liquirizia. Tengo in mano la pipa in attesa di ulteriori istruzioni.

"Qua, prendi il fuoco."

"D'accordo."

"Be', non hai mai acceso una pipa? Allora, dentro con la fiamma. E poi aspetta. Sì, così. Circa dieci secondi. E tira bene. Non devi inalare. Mai inalare. Nella guancia, ecco. E poi premi col pigino. E poi accendi di nuovo, esatto, così. Magnifico, eh? Magnifico!"

Annuisco. Non è esattamente magnifico, ma comunque meglio di quanto credessi. Faccio delle nuvolette. Volano oltre la sua testa, si dissolvono. Si chiama Gustav. Ed è un tassista. Sembra gradire molto il mio interessamento.

"Da dove devo cominciare?" chiede.

"Perché rimani sveglio di notte?" chiedo a mia volta.

"Il vecchio" dice indicando con un cenno della testa la parete. "Il vecchio qui accanto. Da due anni a questa parte piange" spiega Gustav. “Piange così forte che mi sveglio. Non ogni notte. Una sì e due no. Qualche volta urla pure.”

Il vecchio è il padre della moglie di Gustav. È morta presto, prima che Gustav si trasferisse qui. Un giorno, semplicemente, non si è più svegliata.

“Aveva appena trent’anni” dice.

A quel tempo lei e Gustav vivevano insieme in un appartamento nel quartiere di Schwabing. Avevano aperto un locale. In una tiepida notte di giugno lui tornò a casa dal lavoro alle tre di notte e la trovò distesa completamente vestita sul letto rifatto, non respirava più. Nessuno sa di cosa è morta.

“Un difetto meccanico, un’avaria” dice Gustav. “Boom, e il cuore ha smesso di battere” aggiunge. “Può succedere a chiunque, immagino. Comunque non prendevamo droghe o roba del genere, a parte un po’ d’erba ogni tanto nel fine settimana.”

Lui chiuse il locale. Lasciò la casa. Voleva rifarsi una vita. Forse all’estero. E invece i genitori di lei gli offrirono come soluzione temporanea quel piccolo appartamento. Vi si trasferì. Prese la licenza da tassista. E sei mesi sono diventati trent’anni.

“Sulle prime ero incerto. Ma poi ho pensato: perché andare da un’altra parte? Lei era la loro unica figlia e noi abbiamo avuto un buon rapporto fin dall’inizio. Io avevo già perso i miei genitori. Tutto sommato era una buona soluzione.”

La sua pipa si è spenta. Allunga una mano per prendere il fuoco. Lo osservo, socchiudendo leggermente gli occhi. Lui se ne accorge e mi rivolge uno sguardo irritato, però non sembra dare troppo peso alla cosa. I peli grigi delle sue sopracciglia sono tutti arruffati. Mi piacerebbe passarci sopra le dita per sentirli al tatto. Setole ostinate, dalle radici tenaci.

“Le urla, dicevamo. Non è che mi disturbino. Rimango volentieri sveglio di notte. Da tassista, conosco la notte. Il chiasso non è un problema. Arrivava anche dal locale, per quello ci vivevo sopra. Puoi immaginare che baraonda. Ma urla così sono un'altra cosa." Si strofina il viso. "È il dolore che c'è nel piagnucolio del vecchio. Una sofferenza solitaria e sconsolata. Come se avesse i demoni nella testa, e vorrei andare di là e tirarglieli fuori, aiutarlo, ma è inutile" dice Gustav. La sua voce profonda si alza un po', suona più chiara, crepitante. Trema quasi.

Gustav si chiede perché. È qualcosa di inconscio, qualcosa che il vecchio il giorno dopo ha già completamente dimenticato, simile al sonnambulismo ma con urla e pianti? O è più di questo, immagini che affiorano anche di giorno mentre lavora la terra in giardino con le sue mani vecchie e deboli, alle quali non interessa più la terra in sé ma solo la possibilità di continuare a fare qualcosa? Immagini che lui sopporta in silenzio, che aveva riposto e che però non si possono riporre. Cosa lo tormenta? La morte di sua figlia? Sono faccende di cui nessuno, nemmeno la moglie, sa niente, a parte lui? E così nella vecchiaia emergono tutte le storie oscure, scacciate e dimenticate nel corso della vita? Succederà anche a me? Penso brevemente alle mie storie oscure. Mi strofino gli occhi. Via, via. Quando Gustav incontra il vecchio e la moglie in giardino non ha il coraggio di affrontare l'argomento. Non vuole metterlo in imbarazzo.

"Sono sicuro che sua moglie non se ne accorge. È mezza sorda e da anni ormai dorme giù al pianoterra perché ha difficoltà a salire le scale." Ogni volta che sente piangere il vecchio, Gustav cerca di distrarsi. Impara poesie a memoria.

"Sai, mi tranquillizza tantissimo" dice. "E tiene il cervello in esercizio!"

Vuole recitarmi qualcosa. *Metà della vita* di Hölderlin. Respira a fondo e attacca:

"Da... no, con! Con gialle pere digrada!" Tossisce, si schiarisce la voce, si piega in avanti sulla sua sedia e mi guarda. "E folta di rose selvatiche!" Poi fa una pausa. "No, non la so ancora abbastanza bene." Prende un bicchiere d'acqua appoggiato sulla scrivania e ne beve un sorso. "Lasciami provare l'ultima strofa, quella la so meglio." Chiude gli occhi. Le sue palpebre hanno un tremito. Inspira. "Ahimè, dove trovo quando è inverno i fiori, e dove il raggio di sole, e l'ombra della terra? I muri stanno" leva a occhi chiusi la pipa verso l'alto "afoni e freddi, nel vento stridono le bandiere." Poi spalanca gli occhi e mi guarda raggiante. "Non è un verso bellissimo?"

Stiamo per riprendere la conversazione, ma ecco che lo sento. Un piagnucolio sommesso e straziante attraversa la parete. Potrebbe anche essere una porta non oliata che cigola al vento, ma il rumore si fa più distinto e umano. "Eccolo" dice Gustav. Il lamento, flebile, si spegne pochi minuti dopo.

"Spero per lui che per stanotte sia tutto" dice Gustav con un sospiro. "D'altra parte," aggiunge "è possibile che lui non sappia nemmeno di piangere di notte. Se così fosse, non sarebbe tanto male per lui. E le mie preoccupazioni sarebbero del tutto inutili."

Forse dovrebbe ricominciare ad andare di più in giro col taxi di notte, riflette Gustav alla fine. "Era sempre molto bello" dice con una voce che si dovrebbe registrare infinite volte prima che il giorno scompaia.

"Gli ubriachi in vena di chiacchierare salgono sul mio taxi e tentano di sembrare più sobri di quel che sono per attaccare con me un discorso serio. E quanto sono tutti più timidi quando è giorno! Allora quasi nessuno vuole parlare, tutti aggrappati alle borse o ai telefonini con lo sguardo fisso oltre il finestrino" dice.

Le più tenere sono le ragazzine, prosegue. Non più di sedici anni e un documento falso nella borsetta, infilano le loro testoline sbronze nel finestrino del posto accanto a quello di guida e dicono di avere solo cinque euro, ma anche paura che gli succeda qualcosa tornando a casa, e oltretutto i piedi doloranti. E ogni volta le porta a casa, anche se si tratta di un tragitto fino a un quartiere bene che costerebbe venticinque euro, altro che cinque.

"Ma come potrei lasciarle a piedi?" chiede. "Non voglio avere rimorsi se succede qualcosa. E non me ne frega niente se faccio un po' di strada gratis, perché intanto posso ascoltare le storie commoventi di chi sperimenta per la prima volta nella vita tante e tante cose, mentre io a breve raggiungerò l'età in cui si cominciano a vivere le cose per l'ultima volta. Mi piace perché di notte" dice "si vede quasi tutto più chiaramente che di giorno. Il che a dire il vero è in contraddizione col fatto che di giorno c'è più luce."

Io rimango in silenzio. Guardiamo dalla finestra e ci vediamo riflessi nei vetri, incrociamo lo sguardo. Poi lui dice:

"E adesso, se permetti, vorrei andare a letto."

Il vecchio non si sente più. Ci lasciamo con una breve, energica stretta di mano. La sua mano è così grande che la mia quasi ci sparisce dentro. Appena sono in strada vedo spegnersi la luce delle due finestre. Soltanto la stufa getta ancora sulle pareti un debole riflesso arancio.

ANNALENA
Un sabato, alle 2 e 43

La finestra si trova al quinto piano, la luce è debole, forse è solo una lucetta nella stanza di un bambino. Mi fermo un attimo per poter vedere meglio.

All'improvviso appare una figura vestita di bianco. Mi fissa. Sento un brivido ma non corro via, perché ho una missione da compiere e poi sono proprio sotto il lampione.

Sollevo una mano. La persona si avvicina alla finestra e preme piano contro il vetro l'impronta di un'isola di pelle chiara. Indico il portone, congiungo le mani in segno di supplica, indico di nuovo il portone, congiungo ancora le mani. Poi la persona sparisce dalla mia vista e il portone d'ingresso comincia a ronzare. Lo becco all'ultimo momento, poco prima che smetta.

Nell'androne, tinteggiato di chiaro, si sente odore di vernice.

La figura alla finestra è una donna. Stiamo una di fronte all'altra, lei sulla soglia dell'appartamento, io ad alcuni passi di distanza, col fiatone per aver fatto di corsa le scale. Ha addosso una specie di veste, una lunga camicia da notte bianca, e un lenzuolo avvolto attorno al capo. I tratti del viso sono allungati e sottili, ricordano un cupo ritratto dipinto in tempo di carestia. Avrà intorno ai quarant'anni. La sua pelle è chiara, quasi trasparente, come la carta di riso con cui si fanno gli involtini estate al ristorante vietnamita. Non riesco a decidere se la trovo bella o brutta, inquietante o scialba. Il suo sguardo mi sconcerta.

"Che ti succede?" domanda.

"Faccio una ricerca sulla notte" dico. "Possiamo parlare?"

"Vieni, vieni" dice come se avessimo poco tempo, e quando le passo accanto per entrare in casa sento l'odore del suo corpo. Sa di cera d'api e di sonno, e anche un po' di balsamo di tigre. Un odore piacevole, ma troppo intimo.

La guardo, solo per un istante, eppure l'immagine mi rimane in testa, una di quelle istantanee che si imprimono sulla retina come la traccia di una lampadina quando si fissa troppo a lungo la luce. Che strano – nell'immagine che adesso mi si proietta nella mente lei ha un altro aspetto. I suoi occhi mi sorridono, occhi splendenti, senza trucco, il viso non è più così rinsecchito, magro e lungo come prima. Vorrei guardarla un'altra volta ma lei è già in soggiorno. Si muove quasi senza fare rumore.

È un monolocale. A destra il bagno, a sinistra una cucina priva di finestre, davanti all'ingresso il piccolo soggiorno. Non ci sono cianfrusaglie, nessun fazzoletto di carta in giro, nessun fiammifero, niente, nemmeno scarpe, calzini o una penna. Su entrambi i lati della finestra ci sono due scaffali in legno bianco, un po' bassi, come se fossero stati progettati per dei bambini. Contengono una collezione di brocche in ceramica, alcune grigio-azzurre come piccioni, altre rosa come un frappè alle fragole, alcune sono punteggiate, altre sono decorate con delle figure geometriche. Al centro della stanza, sul pavimento, c'è un materasso, messo un po' storto. Non è a contatto con alcuna parete, sopra ha un cuscino e parecchie stoffe bianche e sottili. A destra e a sinistra, due grandi candele bianche.

La donna prende dallo scaffale una brocca monocroma e va in bagno. Sento la brocca riempirsi d'acqua, il suono verso la fine si fa più chiaro, poi il getto d'acqua si esaurisce col rumore sordo di un rubinetto che viene chiuso. Mi porge la brocca e ci sediamo sul letto.

Il suo nome è Annalena. Di notte ha i suoi riti, mi dice. Accende cinquanta candele, una per ogni ciotola, ogni brocca, ogni tazza che è nello scaffale. Poi accende la radio, la sintonizza su una stazione di musica classica e prende le brocche, le ciotole e le tazze dallo scaffale. Una dopo l'altra. Le cambia di posto. Le sposta finché trova una sequenza che le piace.

"Talvolta le prendo tutte insieme e le dispongo lungo le pareti. Oppure attorno al mio letto. Oppure le lascio nello scaffale così come sono e mi limito a guardarle."

Quando le chiedo perché, tace a lungo. È religiosa?

"No, no" risponde.

"Ma c'è qualcosa di spirituale, no?"

"Forse. Sì, forse. Le tazze e le ciotole e io. La mia comunità privata di fedeli. Sì, forse." Annuisce lentamente.

Esita nel cominciare a raccontare, si interrompe. È come se stesse con un piede in un altro mondo, come se non fosse completamente qui, come se le mie domande la sfiorassero senza riuscire ad afferrarla.

Un po' alla volta, le sue frasi diventano più lunghe.

In passato Annalena lavorava come vasaia. In una piccola località sul Mare del Nord. Aveva un suo laboratorio con vista mare. Rimaneva per giorni a guardare le onde, riflettendo sui motivi da dipingere sulle ciotole e i bicchieri che d'estate vendeva ai turisti. Chi entrava nel suo negozietto assumeva un'aria devota.

"Gente con un sacco di tempo, lontana da casa" dice Annalena, e mi prende dalle mani la brocca che mi ha portato poco fa per berne un sorso. Ha di nuovo altre sembianze, adesso non è alta e magra né rotondetta e infantile, ma prima che io riesca a metterla a fuoco si alza e si volta per recuperare altre candele bianche da una brocca, accenderle e sistemarle in fila sul davanzale. Sembra le venga più facile parlare mentre si muove.

La gente con molto tempo a disposizione rigirava le ciotole di Annalena tra le mani oziose, lentamente e con cautela. La maggior parte tornava l'ultimo giorno. Fermavano la macchina carica di bagagli davanti alla porta, in genere scendeva la donna mentre l'uomo rimaneva in auto col motore acceso, correva dentro e diceva di non riuscire semplicemente a dimenticare quelle ciotole. Lei e suo marito erano già quasi sull'autostrada, diretti verso casa, quando aveva capito che non sarebbe potuta partire senza le ciotole.

Un giorno, Annalena aveva venticinque anni, venne un uomo. Alto e dagli occhi miti, ma molto più anziano di lei. Si avvicinò al bancone, a lei che guardava le onde dalla finestra. Era già quasi sull'autostrada, anzi, già poco prima di Amburgo, quando aveva capito di non poter partire senza. E non intendeva le ciotole, come tutti gli altri, ma proprio Annalena.

Disse che doveva portarla con sé, nella sua città del sud, che lì avrebbero pagato il triplo per le sue creazioni e per lei sarebbe stata una bella esperienza. E Annalena disse di sì, quasi senza esitare, perché Emil per lei non era uno sconosciuto.

Era la terza estate che tornava in quella piccola località per riprendersi dallo stress quotidiano, era direttore di una grande orchestra. Prendeva sempre in affitto un piccolo appartamento, ma passava la maggior parte delle notti insieme ad Annalena nel suo cigolante letto di legno. Quando Emil era partito, dopo quella lunga estate, per Annalena non era cambiato nulla rispetto agli anni precedenti. Si era preparata mentalmente ai mesi senza Emil, aveva accatastato la legna sotto la scala e cominciato a mettere ordine nei suoi album di schizzi.

E invece rieccolo lì, con un nuovo piano. E poiché quel giorno c'era qualcosa di diverso dal solito – la luce cadeva rossa e tremolante sulle tavole e ad Annalena all'improvviso era parso allettante il pensiero di andare con Emil in una città rumorosa e salire con lui su una montagna –, invece di guardarlo con aria interrogativa, fece una breve risata, lo spinse su per la scala a chiocciola nella sua camera da letto e gli ordinò di prepararle la valigia: l'abito stinto che giace da settimane sotto il letto, ma prima per favore bisogna sbatterlo, la scatola azzurra con la biancheria intima, il taccuino nel cassetto, lo spazzolino, il profumo, la crema e il cappotto nero, quello col cappuccio però.

Quanto a lei, si occupò del laboratorio. Ripose tutto nelle cassette della frutta: le sue ciotole, i bicchieri, le brocche, gli schizzi appoggiati sul camino e infine la piccola scatola smaltata di rosso scuro con i cinquemila marchi guadagnati durante l'estate. Insieme trasportarono il tutto nella Porsche di Emil. Annalena buttò le poche provviste che aveva in frigorifero dentro a un sacchetto della spazzatura, staccò tutte le prese della corrente, chiuse a chiave la sua casetta, salì sulla macchina di Emil, sbatté la portiera e si lasciò cadere sul sedile ridendo. Emil la strinse a sé e avvolse una delle ciocche di lei attorno al suo dito. Al primo distributore gettarono la spazzatura di Annalena e nove ore più tardi, a Monaco, Emil e lei aprirono la porta dell'appartamento dell'uomo.

Sei mesi dopo Emil era morto. Aveva un tumore ai polmoni, e quando aveva preso con sé Annalena sapeva che non sarebbe vissuto a lungo. Ma fino al giorno della morte non aveva lasciato trapelare nulla. Andava in bicicletta fino alla sala prove, organizzava insieme ad Annalena dinner party per i suoi amici, le mostrava la città, e aveva preso in affitto per lei e le sue ciotole il minuscolo negozio che si trovava sotto l'appartamento, ormai di entrambi. Poi ebbe un mancamento mentre stava in bicicletta. Cadde sull'erba di uno spartitraffico, con la testa proprio sopra un piccolo tulipano. Morì qualche ora dopo in ospedale.

Durante il funerale Annalena dovette vomitare più volte. Pensava che il motivo della nausea fosse il dolore della perdita. Ma siccome non si sentiva meglio, neanche a distanza di giorni, una conoscente la mandò dal medico. Era incinta. Erano gemelli. Due bambine, una delle quali morì poco dopo la nascita a causa di un difetto cardiaco.

Quello che successe poi, Annalena lo racconta in poche frasi. Sua figlia a sedici anni si trasferì nella casa sul Mare del Nord, dove Annalena non aveva più messo piede da quando Emil l'aveva portata con sé.

"Litigavamo spesso, così le diedi la chiave. Lei ci andò in autostop e una volta mi chiamò per dirmi che aveva intenzione di rimanere lì. Adesso ha vent'anni, sì, certo, avrà vent'anni."

Annalena ora sembra un po' inquieta.

Le chiedo se vive in quell'appartamento da tempo.

"Sì," risponde laconica "sì, da tanto."

Era l'appartamento di Emil?

"No."

E dove sono le sue cose, non avrà mica così pochi oggetti, no? Non ha scarpe, nessun altro vestito? È tutto nello scantinato, dice. Quelle cose la disturberebbero.

"In che senso?" chiedo.

"Visivamente" dice. E poi: "Adesso devo cominciare con il rito."

Si alza, si scioglie il turbante lasciando cadere scarmigliate ciocche castane. Sembra di nuovo un'altra persona. Una diciannovenne appena uscita dalla doccia. Sarà la luce delle candele a confondere i colori, ma io non le vedo nessun capello grigio.

Poi si riavvolge il turbante attorno alla testa. Adesso è di nuovo la donna matura di prima. Prende dallo scaffale più alto una brocca delle dimensioni di un boccale da litro, celeste e priva di manico. Ci infila dentro un braccio e tira fuori una bottiglietta di profumo. Lo spruzza un paio di volte in mezzo alla stanza, chiude gli occhi, inspira a fondo ed espira lentamente:

"È il Mare del Nord" mormora.

Poi comincia a cambiare posto alle brocche. Talvolta ne tiene una in mano, si mette a sedere con le gambe incrociate e la osserva per alcuni minuti. Di tanto in tanto accende delle candele nuove, adesso la stanza è molto più luminosa rispetto a quando sono arrivata e fa sempre più caldo. Annalena canticchia a bocca chiusa una piccola melodia, alla luce delle candele il suo viso sembra quello di una bambina. La guardo, ma la luce delle candele si infrange nei miei occhi, tutto si sfuma, e ogni volta che cerco di metterla a fuoco lei si gira da un'altra parte.

"Annalena, tra poco devo andare. Dimmi, cosa fai di giorno?" le chiedo.

Mi si avvicina scivolando giù, si inginocchia davanti a me e mi appoggia una mano sulla spalla. Non la sento quasi, da quanto è leggera.

"Di giorno?"

"Sì."

Non risponde. Rivolge il viso verso di me, ma guarda altrove. O magari ha lo strabismo di Venere? Non capisco. Comincia quasi a farmi paura.

Dico grazie e che è proprio ora che vada.

"Vuoi una ciotola? Te la regalo volentieri."

"No grazie" dico avviandomi alla porta.

Annalena è in piedi nel suo vestito bianco, circondata di candele.

"Puoi ripensarci. Basta che suoni, suona da Annalena, il rito dura ancora un bel pezzo. Puoi tornare quando vuoi."

"Grazie, grazie" dico, poi chiudo la porta e corro giù per le scale.

Corro sempre più veloce. Mentre corro mi accorgo che nessuna delle porte ha un nome scritto sopra, che non ci sono né scarpe né stuoini davanti alle soglie, che tutto sembra riammodernato da poco e deserto. Una volta fuori do un'occhiata al citofono – niente nomi. Conto i campanelli. Anche la targhetta che dovrebbe corrispondere all'appartamento di Annalena è senza nome. Non c'è scritto Annalena da nessuna parte. Dalla strada guardo di nuovo in alto verso la sua finestra – è buia.

JULIAN
Un venerdì, alle 4 e 05

La finestra di una cucina al primo piano. Sul davanzale c'è una rigogliosa piantina di basilico, oltre la quale si intravede, un po' più indietro, un frigorifero. Sullo sportello di quest'ultimo è attaccata una cartolina rossa senza immagini, ma forse è solo un pezzo di carta rossa o un tovagliolo. Sopra al frigorifero sono allineati bottiglie di vino e vasetti di spezie. Più in alto, uno scaffale pieno di tazze e bicchieri. Dal soffitto pende una lampadina schermata da un piatto rosso, illumina una testa di cui vedo solo la metà superiore.

La finestra è aperta a ribalta, e quando premo il campanello sento un duro ronzio. Assomiglia al rumore di un trapano oppure all'effetto sonoro di un quiz televisivo quando si sbaglia risposta. Un tipo sporge fuori la testa.

"Ehi?"

"Ehi. Cerco persone che hanno ancora la luce accesa. Possiamo parlare un po'."

"Qui, alla finestra?"

"Meglio di sopra, se per te va bene."

"Okaay." Lo dice come se alla fine ci fosse un punto interrogativo, con disinvoltura, all'americana, ma anche leggermente irritato.

È poco più alto di me, ha capelli corti e scuri, occhi azzurri come due gocce adagiate, una camicia a quadri, pantaloni della tuta, piedi nudi. Il corridoio è coperto di tappeti, sa di sigaretta e detersivo, e nell'aria c'è pure l'odore di qualcosa cotto al gratin. Procedendo dritti, oltre l'ingresso, si va in cucina.

Prende una birra dal frigorifero e me la mette davanti, poi ci sediamo l'uno di fronte all'altra.

Julian, così si chiama, ha poco più di trent'anni e vive da due settimane in un appartamento per tre persone. Un coinquilino dorme già, il secondo non lo conosce ancora perché è via per un viaggio. Prima Julian viveva con la sua ragazza in un grande, vecchio edificio giallo situato solo a pochi isolati di distanza da lì. Sono stati insieme per otto anni, si erano conosciuti all'università dove lui, dopo due anni passati a bighellonare e lavoricchiare, aveva seguito prima un semestre di teologia e poi uno di germanistica, per arenarsi infine alla facoltà di filosofia. La ragazza con cui avrebbe fatto coppia fissa sedeva accanto a lui durante la prima lezione del corso di teologia, si erano capiti fin dall'inizio e innamorati.

"Però non devi credere che fosse una bigotta incallita," dice Julian "non lo era per niente, ed era proprio questo il bello di lei. Era semplicemente Emmy, voleva capire la vita e considerava la teologia meno fuori dalla realtà della filosofia."

Due anni dopo il loro primo incontro andarono a vivere assieme. Emmy terminò gli studi, ci aggiunse un master in storia dell'arte e cominciò a lavorare per una casa d'aste. Julian continuò a studiare, guadagnando qualche soldo con le ripetizioni.

Tra lui ed Emmy le cose funzionavano bene, "addirittura alla grande," dice Julian "sul serio. Era, come dire... suona stupido ma era proprio perfetto. Avevamo diverse cerchie di amici, che però si integravano bene, invitavamo spesso gente a cena, talvolta andavamo in vacanza insieme, talvolta ognuno per conto suo, ci compravamo belle cose e cucinavamo a turno, e ci succedeva anche di passare intere giornate sdraiati sul balcone, mangiavamo liquirizia a quintali, fino a stare male, ci scambiavamo battute che potevamo capire solo noi e ridevamo. E non litigavamo mai quando si trattava di procurarsi un mobile per l'appartamento, avevamo gli stessi gusti. Pensavo, no, pensavamo, e ce lo dicevamo spesso, che sarebbe andata sempre così."

Ma adesso Emmy è la sua ex. Le cose sono successe molto in fretta. Un tipo per strada attaccò bottone con lei, le fece dei complimenti, le disse che voleva rivederla. Julian si ricorda ancora bene di quando un giorno Emmy arrivò a casa raccontandogli l'accaduto.

"Immagina un surfista attempato," gli disse lei "uno che non è assolutamente il mio tipo, e oltretutto così vanitoso e sicuro di sé, ma chi si crede di essere!" Era come interdetta e aveva riso con Julian del fatto che ci fossero ancora uomini che attaccano bottone per strada facendo apprezzamenti a una donna per sedurla, che fesseria.

Nei giorni seguenti, quell'uomo riuscì a incontrare spesso Emmy sulla via di casa. Lei però non raccontò più nulla a Julian. Lo fece soltanto tre, quattro settimane più tardi. Gli disse di aver rivisto il tipo più di una volta "per puro caso" e che "in un certo modo" era "uno a posto, sì, davvero un bel tipo".

Si chiamava Felix. Un quarantenne mezzo francese, però con l'aspetto più da americano, i capelli biondo scuro mossi dal vento, un gran sorriso sul volto e non senza quell'accenno di lascivia che rende così sexy. Faceva il falegname, e passava ogni estate in Francia, in una casa insieme ad amici, con la salsedine tra i capelli, "un assoluto cliché" dice Julian sprezzante. Quando Felix le aveva di nuovo rivolto la parola convincendola a fare una passeggiata nel parco lì vicino, Emmy si era innamorata ben presto di lui e dei suoi modi insistenti.

Se ne era accorto subito, dice Julian, perché quando lei se ne uscì con quell'"in un certo modo" e "sì, davvero un bel tipo" aveva la voce che tremava e uno sguardo che cercava di essere del tutto neutrale.

Dopo la confessione di Emmy, Julian uscì precipitosamente di casa e rimase fuori per tutta la notte. Si aggirò senza meta per la città e comprò due volte le sigarette. Il mattino dopo Emmy non c'era più. Julian mise in valigia le cose più importanti e le portò da un amico. Quando tornò, Emmy stava sulla soglia di casa, anche lei con la borsa pronta. Si guardarono e cominciarono a piangere. Si sedettero insieme in cucina senza smettere di piangere. Si abbracciarono, poi si staccarono con una spinta senza sapere cosa dirsi. Fissarono il giorno del trasloco per la settimana successiva, a Julian toccò il mattino, a Emmy la sera. Emmy si occupò anche di revocare il contratto d'affitto. È il minimo, aveva detto, mentre Julian annuiva in silenzio.

Questo succedeva tre mesi fa. Il trasloco è stato rapido, e da allora non si sono più visti. Julian suppone che lei trascorra l'estate in Francia. Con Felix.

"Quando ci penso sto ancora male" dice. "E mi capita all'incirca ogni cinque minuti. Non riesco nemmeno più a mangiare, ho già perso otto chili."

Ma adesso almeno, dice, può fare quello che vuole. Emmy andava sempre a dormire presto, raramente dopo mezzanotte, mezzanotte e mezza. E così, aveva preso anche lui l'abitudine di andare a letto presto. "La cosa aveva i suoi vantaggi," dice "ci si sveglia automaticamente prima. E in genere si riescono a sbrigare molte più faccende. La giornata è più lunga, e quando si fa la prima pausa, a mezzogiorno, è comunque appena cominciata. All'improvviso il mondo sembra del tutto diverso."

Il ritmo di vita di Emmy non ha mai corrisposto però a quello naturale di lui. Julian ama la notte. "Anche perché al mattino mi ci vuole un po' per essere lucido. Non mi succede mai prima delle undici. Già da ragazzino facevo diventare matta mia mamma con la mia predilezione per l'oscurità. Nella mia cameretta tiravo sempre le tende anche in pieno giorno. Non volevo vedere la luce. Mia mamma mi sgridava spesso e più di una volta mi ha addirittura portato dallo psichiatra, ma quello non ha trovato niente. Ancora oggi è così, la vista del sole mi mette di malumore. Non sempre, e comunque la cosa non mi impedisce di vivere, però mi sento semplicemente più a mio agio nell'oscurità" dice Julian.

Anche ai tempi della scuola era più produttivo di notte che di giorno. Durante i normali giorni di scuola, mentre faceva una gran fatica ad alzarsi dal letto di prima mattina, di sera si sentiva molto più energico, come se qualcuno gli avesse sostituito la batteria. Faceva spesso passeggiate nel cuore della notte, talvolta addirittura jogging, riordinava la sua stanza o si dedicava ai compiti a casa. "Di giorno sarebbe stato impensabile. Ma sai, di notte, grazie alla mancanza di luce, la mia mente si distrae meno, patisco meno il bombardamento di stimoli esterni. E stare svegli di notte" aggiunge "in fondo ha qualcosa di elettrizzante proprio perché non viene visto di buon'occhio. Non ci si sottomette alle costrizioni cui si sottomettono tutti: stare svegli di giorno, andare a dormire la sera, insomma rimanere dentro agli schemi."

Poco tempo fa ha visto un fumetto, mi racconta. C'era una città completamente al buio, nere tutte le case, solo le stelle in alto nel cielo nero e, nel mezzo, un'unica, minuscola finestra illuminata. E una freccia con la scritta ARTISTA.

"Forte, non trovi? E allora mi viene da pensare: puah, ma quanto sono noiosi gli altri. Che adesso dormono tutti di nuovo perché di notte si deve fare così. Preferisco annoverarmi tra gli artisti, anche se non so di preciso in cosa debba consistere la mia arte, voglio dire: proseguo con calma gli studi e intanto mi tengo a galla con le ripetizioni. Non è che io adesso dipinga o faccia video folli. Ma forse essere un artista è soprattutto un modo di vedere la vita."

Se dipendesse da lui, dice, allora andrebbe così: di giorno rimarrebbe a casa a dormire a più non posso, come un koala. E di notte lavorerebbe. Non importa il tipo di lavoro, basterebbe qualcosa di libero. “Già solo per il fatto che di notte, quando si guarda fuori, non si vede niente, nessun sole che ti costringa a uscire, nessun orario che ti incalzi, nessun vicino, nessuno per strada, è semplicemente solo buio e tutto giace nell’ombra, come disinnescato,” dice lui “be’, allora la concentrazione viene da sé.”

“Sai una cosa,” aggiunge poi “adesso che ci penso, anche riuscire a rimanere sempre svegli sarebbe proprio forte. Perché non è nemmeno bello essere quello che non si alza prima di mezzogiorno. Il postino mi vede immancabilmente in pigiama e devo sempre ricordarmi di staccare il telefono per evitare che chi ha un lavoro chiami già alle otto del mattino. A dire il vero si dovrebbe suddividere il ritmo del proprio sonno così: alzarsi presto al mattino, diciamo verso le otto, poi dormire dall’una fino alle quattro del pomeriggio, tanto il sole dà fastidio e la luce è così noiosa, e poi rimanere semplicemente svegli fino alle tre, tre e mezza di notte per poi ricominciare da capo” trova Julian. “Come nei paesi del sud.”

Rimaniamo ancora per un po’ seduti in cucina. La finestra è aperta. La cartolina rossa sul frigorifero vibra nella corrente d’aria. A un certo punto Julian infila la mano nella tasca dei pantaloni e tira fuori un telefonino.

“Vuoi vedere Emmy?” chiede.

Annuisco. Lui passa le dita sullo schermo un paio di volte, poi mi mostra il display.

“È lei.”

Una ragazza con i capelli biondo scuro, occhi verdi e sopracciglia scure, abbronzata, senza trucco, mento sottile, zigomi alti, qualche lentiggine e un sorriso compiaciuto sul viso. È fotografata dall'alto, distesa supina su un balcone, le gambe nude piegate contro una sedia a sdraio. Sulla t-shirt nera extralarge, lunga quasi fino alle ginocchia, c'è una scritta a caratteri bianchi, PAGE ONE.

"Dovrei cancellarla perché mi ritrovo troppo spesso a guardarla, e non mi fa bene" sospira. "Ma voglio tenerla ancora per un po'."

Lo capisco. Emmy pare una tipa divertente. E intelligente. Le giornate sul balcone con lei sono state senz'altro belle.

LARA

Un lunedì, alle 3 e 11

Una finestra al piano rialzato di un vecchio edificio, stucchi scanalati sotto le finestre, un ampio scalone di sette gradini conduce all'ingresso. Pulsantiera in ottone. Subito a destra del portone di casa una grande finestra ad arco a tutto sesto, illuminata. La incorniciano tende di broccato giallo, tra le quali si intravedono un pezzo di comò e alcuni mobili scuri. Forse l'appartamento di una coppia di anziani benestanti, i cui figli sono andati via di casa già da tempo.

Quando premo il campanello si sente un suono smorzato e nell'atrio si accende una luce. Attraverso il vetro dell'ingresso vedo, all'incirca quattro metri più in là e cinque gradini davanti a me, la porta di un appartamento schiudersi appena. Sollevo una mano in segno di saluto e cerco con un sorriso di ispirare fiducia. Poi l'apriporta si aziona con un ronzio e io entro. Nello stesso istante la porta dell'appartamento si spalanca del tutto.

Una donna anziana, credo sulla settantina, sta sulla soglia. Indossa una vestaglia di lana leggera lunga quasi fino ai piedi, fissata poco sopra il petto con una spilla d'argento. Ai piedi porta pantofole chiare, i suoi capelli castani striati di grigio sono raccolti in una crocchia morbida e ondulata. Ha una figura sottile e si tiene abbracciata come se avesse freddo, un gesto senile. Salgo i gradini. Nonostante l'aspetto segnato dal tempo, emana un'eleganza mista a naturalezza. Immagino che questa donna nella vita abbia mangiato solo cibi raffinati, bevuto champagne e usato cosmetici di qualità.

Le spiego perché ho suonato, lei sembra ancora dubbiosa se lasciarmi entrare o meno.

Mentre parlo, indietreggia di un passo tenendo la porta con una mano, pronta a richiuderla in qualsiasi momento. Forse pensa che la mia storia sia la bugia sconclusionata di una vagabonda, di una fuggiasca in cerca solo di un posto dove passare la notte e che il giorno dopo sparisce senza lasciare traccia, con l'oro e le collane di perle.

Parlando acquista fiducia in me. Mi invita a entrare, e insieme camminiamo per l'appartamento. Il parquet scricchiola leggermente ed è coperto di tappeti persiani fittamente sistemati uno accanto all'altro, si sovrappongono quasi su ogni lato, perfino in cucina, dove i ripiani sono stipati di piatti e tazze in porcellana.

Ci sono pile di libri, giornali, cataloghi di mostre. Tra questi, alcuni vasi e, agli angoli delle stanze, lampade a stelo, statuette e figure in bronzo. Attorno ai tavoli, sedie, più numerose del necessario, e delicati tavolinetti con le gambe di legno intagliato. In ciascuna delle tre stanze dell'appartamento, aste appendiabiti cariche di camicette, cappotti e tailleur di vari colori, perlopiù avvolti nel cellophane. Di fronte a un lungo tavolo, parimenti trasformato in piano di appoggio, c'è una chaise longue lilla, con sopra un laptop acceso. La donna è stata senz'altro seduta lì fino a un attimo fa.

Nonostante l'appartamento sia pieno zeppo, tutto dà un'impressione di pulizia. I vestiti sono appesi ordinatamente alle loro grucce, le ante a specchio degli armadi sono lucidate e non si vedono rifiuti da nessuna parte, niente avanzi, niente scodelle di cibo per gatti. Anche l'odore non è spiacevole. Sa soltanto un po' di lana, legno e di qualcosa che arriva automaticamente nel naso quando si pensa alla "cera per pavimenti". Sembra come se qualcuno si fosse appena trasferito da una casa enorme in un appartamento più piccolo senza considerare che forse avrebbe dovuto ridurre la quantità di oggetti in suo possesso.

Stiamo in piedi accanto alla chaise longue, lei si stringe di nuovo tra le sue stesse braccia e mi guarda, in attesa. Nel suo portamento c'è qualcosa di fragile e risoluto al contempo. Di esausto e giovanile al contempo. La invidio per la sua corporatura minuta e delicata.

"Vive qui da molto?" le chiedo.

"Circa dodici anni."

"Lo chiedo per via di tutti questi oggetti..."

"Sì, sono un po' tanti, lo so... può accomodarsi dove trova posto, forse qui vicino a me?" Si mette sulla chaise longue.

La imito, ma appena mi siedo mi accorgo di esserle troppo vicina. Ciascuna guarda, impacciata, dritto davanti a sé. Non ho il coraggio di scostarmi. Anche lei rimane seduta rigida per un po', poi si alza: "Adesso faccio il tè. Un Darjeeling va bene?"

"Sì" rispondo, e mi sposto a sinistra per potermi appoggiare al bracciolo.

Quando si risiede siamo abbastanza distanti da poterci guardare in viso. Nonostante questo, non sono a mio agio. Non mi sento sufficientemente distinta per questa stanza così straripante, ma anche tutta decorata. Accanto a quella donna cerbiatto mi pare di essere un asino arruffato.

Serve il tè in tazze fredde e sottili come il guscio di un mollusco al contatto con le labbra. Poi si gira verso di me e sorride per la prima volta.

"Devo dire che non mi è mai capitata una cosa del genere. Che qualcuno suoni il campanello di notte senza che sia uno scherzo. Sulle prime ho creduto che lei fosse un'accattona."

"Oh, ehm," balbetto sentendomi una stupida "mi dispiace, sì, insomma. In effetti è insolito."

"Cosa devo raccontarle? Perché sono una creatura notturna, eh, bella domanda – non me l'ero ancora posta. Deve sapere che mi bastano poche ore di sonno. Probabilmente l'ho ereditato da mia madre. Non ha mai dormito più di quattro, cinque ore per notte. Proprio come me adesso – strano, ci faccio caso solo ora che lei me lo chiede – andava a letto verso le tre, tre e mezza, si alzava alle sette e alle otto era già a passeggio nel parco. E proprio come lei verso mezzogiorno mi sento stanca e devo riposare una mezz'ora. Sì, così passano le giornate."

Sorseggia il suo tè.

Poi la conversazione si fa più scorrevole. Io pongo esitante una domanda dopo l'altra, e lei parla sempre più liberamente. Come se si rallegrasse del fatto che qualcuno finalmente le mostri un po' d'interesse. Come una nonna con la quale si tirano fuori i vecchi album di foto. A ogni pagina si apre un'ulteriore porta sul passato, le parole assumono vita propria come se non avessero nemmeno bisogno di un ascoltatore, come se servissero solo a mettere in fila altre associazioni.

Si chiama Lara. Lara mi racconta della sua vita di tutti i giorni, di sera cena soltanto con qualche cracker e un po' di formaggio, beve tè Darjeeling con un goccio di latte, e più tardi del vino rosso. Una volta alla settimana, con una piccola teglia a cerniera, prepara un dolce che poi le basta per tre giorni. Siede dove sediamo noi ora e scrive lettere a vecchi conoscenti in Inghilterra, Francia, Lussemburgo. "Così non disimparo le lingue" dice. "Un hobby. E un antidoto contro la solitudine."

Ha ereditato tutti i suoi mobili dai nonni e dai genitori. Gli altri parenti non avevano spazio sufficiente e non sapevano che farsene. Lara invece ha sempre detto: portateli da me, me ne occupo io. L'importante è che non vada perso niente.

"Non ne ho il coraggio. Con tutti i ricordi e tutti i soldi che valgono questi mobili..." sospira. "Non si può darli via."

Mi guarda, credo desideri un mio cenno di assenso, e lo faccio, "Eh sì" dico – e lei prosegue.

Sono mesi, dice in tono quasi lamentevole, che vorrebbe scrivere la storia della sua famiglia dispersa. Erano per la maggior parte ebrei, e gli anni tra il 1930 e il 1950 li hanno sparpagliati in tutte le direzioni. Sua madre ha registrato molte cose in diari e calendari. Il padre di Lara, malato e sul letto di morte, convocò la sua unica figlia pregandola di scrivere la storia della sua vita. E poi raccontò: del difficile amore per la madre di Lara, una donna maniacale con doti da scrittrice, di come la famiglia fuggì in Svizzera e di come lui fondò una ditta che commerciava seta, diventando molto ricco. Di come poi si trasferirono a Lipsia. Ma raccontò anche aneddoti della sua infanzia, per esempio dello zio presso il quale aveva vissuto parecchi anni da bambino, e che era noto tra i parenti per il suo carattere equilibrato che ispirava fiducia. E di come poi improvvisamente, quando il padre di Lara aveva appena undici anni, scomparve. Parecchi giorni dopo ricevettero la notizia che era finito a Parigi con del denaro di dubbia provenienza che aveva completamente sperperato in puttane, cocaina, hotel di lusso e in una pistola con cui, una volta finiti i soldi, si sparò in un parcheggio da qualche parte nelle banlieue. A quel capezzale Lara venne a sapere per la prima volta anche della relazione tra sua nonna e un giovane ufficiale tedesco delle ss. Mentre nel frattempo membri della sua stessa famiglia venivano deportati e uccisi.

Scrivilo e diffondilo, disse il padre di Lara, non va dimenticato!

"Ma è così tanto" dice Lara, e la sua voce vola costernata con quel "tanto" verso l'alto. "Non so proprio da dove cominciare. Cosa sia importante. Non sono minimamente portata per la scrittura. E poi mi manca la pazienza. Dio mio, è praticamente impossibile, no?" dice, e mi guarda con espressione interrogativa. I suoi occhi sono relativamente grandi per una donna anziana, solo l'iride è già quasi vitrea.

Rimaniamo sedute per alcuni secondi senza dire niente e ci guardiamo attorno, in questo appartamento dei ricordi.

"Prima o poi," dice "prima o poi comincio."

"Forse non è così grave se non ce la fai" dico piano.

"Cosa intendi?" chiede un po' sdegnata, e io temo di averla offesa.

"Voglio solo dire che non bisogna per forza scrivere tutto. Forse non è così importante. Soprattutto se la cosa ti mette sotto pressione. Hai dei figli?"

"Sì," risponde lei "ne ho, ne ho. Una figlia. Ma vive a San Pietroburgo."

E poi mi racconta la storia del suo matrimonio.

Il marito di Lara è morto da più di vent'anni. Lei all'epoca aveva da poco superato la cinquantina. Lui lavorava in Svizzera come sceneggiatore per il cinema, lei a Colonia come agente immobiliare. Vivevano per la maggior parte del tempo in posti diversi, e già dopo tre anni si consideravano ufficiosamente separati. Entrambi intrattenevano relazioni saltuarie con altri partner, si vedevano però almeno tre volte l'anno e in quelle occasioni si comportavano come una coppia normale.

"Per nostalgia e anche perché ci veniva naturale: parlavamo volentieri, e berci sopra un paio di bottiglie era per entrambi un piacevole diversivo" dice.

Un giorno lui morì, improvvisamente, per una emorragia cerebrale. Dopo la morte del marito, lei chiuse con gli uomini, dice così. Tutte le scappatelle e le storie che entrambi avevano coltivato di colpo ai suoi occhi persero qualsiasi attrattiva.

"In qualche modo era lui il motivo" dice a bassa voce. Fece arrivare in aereo il suo cadavere a Monaco per seppellirlo.

"L'anniversario della sua morte mi è indifferente, ma al suo compleanno mi commuovo sempre un po'. Allora ho sviluppato un rituale. Deve sapere che a lui è sempre piaciuto quando suonavo l'armonica a bocca. E così un bel giorno ho pensato: adesso gli suono qualcosa. E sono andata sulla sua tomba a suonare. Non mi prenda per una eccentrica, lo so che lui non è veramente là. Però posso fare finta che sia così, no? Che lui aleggi al mio fianco in ascolto, e che sia tutto a posto. Il suo compleanno è in autunno, ed eccomi allora là in piedi, fa già un po' freddo ed è bello quando sulla tomba cadono le foglie, e ogni tanto soffia il vento. Prima o poi anch'io riposerò là. La sua lapide è un libro aperto. Sulla pagina di destra c'è ancora spazio per me."

Prende una sigaretta sottile dal bicchierino da caffè appoggiato su un tavolinetto.

"Puoi fumarne una anche tu se vuoi" mi dice. Mi chiedo se si renda conto che ci diamo alternativamente del tu e del lei. Prendo una sigaretta. E immagino come sarebbe se io adesso indossassi un vestito elegante e mi muovessi con signorilità. Che aspetto avrà la figlia? Di sicuro si intona bene a questo posto, accanto a sua madre, magari fuma con lei e sono una di quelle coppie madre-figlia che fanno shopping insieme nei negozi di lusso. Tra le mie dita la sigaretta sottile risulta poco convincente.

Fumiamo in silenzio per un po'.

"La faccenda della tomba è alquanto strana" dico a un certo punto.

"Cosa di preciso?"

"Che lei praticamente, quando visita la tomba di suo marito, visita anche la sua stessa tomba."

"No, non lo trovo strano. Mi sembra una cosa bella."

"Mah" faccio io. "Non ha paura di morire?"

“Perché dovrei temere qualcosa che non posso evitare? E sa una cosa? Se dovesse assalirmi la paura nei miei ultimi istanti, mi limiterò a dire a me stessa: Lara, torni semplicemente là da dove sei venuta.”

“Questo pensiero non mi aiuta più di tanto.”

“Be’, vediamo un po’. Lei quand’è nata?”

“Nel 1993.”

“Bene, e mi dica: dov’era nel 1991?”

“Mmh...”

“Per l’appunto. E questo fa paura?”

“In realtà no. È solo un po’ inimmaginabile.”

“Ma questo possiamo accettarlo, no?” mi sorride e mi appoggia una mano sulla spalla. “E adesso vada a dormire e si rallegri di essere così giovane e bella.”

Non posso fare a meno di sorridere. A essere sinceri non vorrei ancora andarmene. Mi piace stare seduta su questa chaise longue. Però mi alzo in piedi e le tendo la mano.

“Grazie.”

“Buonanotte. L’accompagno alla porta.”

Quando sono di nuovo sola in strada mi metto alla ricerca di una vetrina riflettente. Devo guardarmi allo specchio. “Giovane e bella” ha detto. E se lo dice una come lei...

JULE
Un mercoledì, alle 3 e 28

La casa si trova sulla circonvallazione, le macchine sfrecciano su quattro corsie, dirette in città e fuori città, c'è sempre qualcuno che deve andare da qualche parte. Avrebbe bisogno di un restauro, sulla facciata si aprono crepe sotto le quali si vede la malta e la struttura in mattoni. All'ultimo piano, due finestre all'estrema sinistra sono illuminate.

Una voce di ragazza risuona tra le interferenze gracchianti del citofono. Devo ripetermi urlando, poi l'apriporta si aziona con un clac. Nell'androne, piastrelle multicolori tutte scheggiate. La scala si avvolge a spirale verso l'alto quasi fosse quella di una vecchia torre.

Una ragazza con i capelli corti e biondi se ne sta in piedi sull'uscio e mi fissa. Il suo sguardo ha un che di paziente e triste, ma forse è solo stanca e per questo sembra in preda alla malinconia. Mentre mi avvicino tira da parte uno stendino messo fuori davanti alla porta dell'appartamento e mi invita a entrare.

Un corridoio corto e buio, un pavimento di piastrelle bianche sulle quali ogni giorno si accumula la sporcizia portata dentro con le scarpe. Il lato destro è pieno di sneaker e c'è anche un paio di stivali di gomma, al di sopra sono appesi alla parete giacche e cappotti.

Di fronte all'ingresso, nella sua stanza, c'è sul pavimento, a sinistra, una rete a doghe appoggiata su quattro pile di libri. Il volume più in alto dalla parte dei piedi è una vecchia edizione di *Anna Karenina*, il titolo è stampato a caratteri dorati sulla copertina di lino nero, in alcuni punti il colore è sbiadito. La ragazza si siede su una poltroncina, prende dal davanzale la sua tazza di tè e la tiene con entrambe le mani. Posso mettermi sul tappeto, propone. Alle pareti ci sono alcuni collage fatti da lei, ritagli di giornale incollati su scatole per sigari, foto scarabocchiate, tutto a tinte vivaci. Di fronte all'altra finestra c'è una scrivania su cui è appoggiato un blocco di polistirolo, con un bisturi conficcato dentro.

Lei si chiama Jule, studia architettura e vive da alcuni mesi con un attore e una giovane donna impegnata in politica. Jule è ancora sveglia perché domani deve consegnare il modello di una casa che non ha ancora cominciato.

"È sempre la stessa storia, mi convinco di potercela fare anche senza progetto e mi siedo alle nove di sera col mio materiale davanti, ma mi accorgo che non funziona, devo calcolare proprio tutto. Chiaro, sì, è logico, ma io sono troppo pigra. E allora mi prende uno stress enorme e lavoro fino all'alba senza mangiare né bere, e quando guardo di nuovo l'orologio d'un tratto è già mezzogiorno. L'ultima volta ho armeggiato con un modello fino alle due del pomeriggio e poi sono andata di corsa all'università, entro le tre bisognava consegnare. Avevo tanta di quella adrenalina in corpo che poi sono rimasta su di giri per tre ore."

Non le piace studiare. Dopo le superiori si era trasferita a vivere in città perché il suo ragazzo aveva iniziato l'università e lei non aveva ancora un piano per sé.

È successo esattamente un anno fa. Sta bene qui, "è ok" dice. Anche il suo ragazzo la vede così. Però vuole andarsene lo stesso. Interrompere gli studi per un anno e fare un viaggio in India con un amico, forse addirittura continuare a studiare là, se gli andrà. Ha sempre voluto vivere in India o in Pakistan. "Pare" aggiunge lei inarcando le sopracciglia. In realtà lui le ha parlato di questa cosa ieri per la prima volta. Jule fissa il suo tè. Ci risiamo: lui ha un piano. E lei no. A parte quello di rimanergli vicino. Non partirà insieme a lui, però. È appena arrivata qui. Ha abbandonato gli amici, il paese dov'è nata. Ha ricominciato da capo. "Non ce la faccio un'altra volta" dice.

Quando lui partì per l'università, e lei rimase dai suoi genitori, era talmente infelice da non toccare quasi più cibo. Andava a trovarlo ogni volta che poteva, spendendo in pratica tutti i suoi risparmi. E quando non era da lui rimaneva sdraiata in camera sua, in penombra, a fissare la parete.

Oltretutto, adesso lui vuole partire con un amico, e non con lei. Anche questo la rattrista. Però lei non può e non vuole impedirglielo. Perché una cosa del genere, dice, prima o poi conduce a una separazione.

Lui fa sempre quello che vuole. Perché lui sa quello che vuole. Per questo lei si è limitata ad ascoltarlo e ad annuire. E ha pensato: la faccio finita. E poi è tornata a casa e in tram ha cercato di trattenere le lacrime senza riuscirci del tutto. E si è vergognata.

Soffia sulla nuvoletta di vapore che sale dalla sua tazza. "Mi sento così persa" dice in un sussurro. "Quando lui è via, cosa faccio io? Nemmeno adesso so cosa fare."

Sua madre le dà sui nervi per via dei soldi, dice Jule. Se adesso partisse col ragazzo per un viaggio attorno a mezzo mondo, le farebbe segno col dito come a dire "ma sei impazzita". Jule dovrebbe prima di tutto finire gli studi. Anche la madre è un architetto. Il padre ha dovuto rinunciare al suo mestiere di orafo in seguito a un incidente sugli sci in cui ha perso la mano destra. La madre non è contenta che Jule faccia dipendere la sua vita da un ragazzo. Portare a termine gli studi è il minimo che si aspetta dalla figlia. "Devi avere qualcosa di tuo" le dice sempre al telefono. Jule trova che sua madre esageri. Si sente sotto pressione. E ha paura di non essere in grado di affrontare la vita: “Ormai sono cresciuta. Dovrei sapere come va la vita.”

Fuori si sente la sirena di un’autoambulanza. Jule sussulta, poi mi sorride. “Scusa” dice.

Le sorrido di rimando. Rifletto sulle sue parole. A quale età si dovrebbe sapere com’è la vita?

“Ma è illogico” dico alla fine.

“Cosa?”

“Be’, che significa essere già grandi, quando si comincia a diventarlo, e perché dovrebbe capitare all’improvviso, da un giorno all’altro? Non è che viene qualcuno e ti ficca in testa un chip con una specie di saggezza universale.”

“Ehm” fa lei. “Sì, però, voglio solo dire che nel frattempo dovrei conoscermi almeno un po’, no? Avrei bisogno di una visione, di uno scopo, di un sogno – di qualcosa di mio, per l’appunto. Ma c’è solo Moritz. Io voglio stare con Moritz. Una casa col giardino e Moritz. Non voglio altro.”

“Ma va bene” dico io.

“Ma no, non va assolutamente bene. Chiedi a chiunque. Tutti, tutti, tutti dicono: bisogna avere qualcosa di proprio. Bisogna avere un lavoro appagante. E non dipendere esclusivamente da un uomo. E lo capisco pure. Capisco che non si deve vivere dei soldi guadagnati duramente da qualcun altro. Non lo voglio nemmeno. Non voglio che Moritz mi mantenga, voglio solo averlo con me, ogni giorno. Potrei coltivare della verdura e venderla al mercato, oppure curare i giardini degli altri nei fine settimana, oppure, se fosse proprio necessario, fare i turni di notte a un distributore di benzina o gestire il chiosco di una piscina.”

Indica con un gesto l’altro lato della strada, oltre la finestra. “È un ostello” dice. “Tra poco comincio a lavorare lì. E sono contenta all’idea. Soprattutto dei turni di notte.”

Le piace la notte, dice. Le piace sedere in silenzio mentre tutti gli altri dormono e tutto sembra privo di importanza.

"E poi, ogni tanto arriverà da me alla reception un viaggiatore solitario che non ha trovato nessun'altra sistemazione, e io potrò fargli un favore. È un bel pensiero, mi pare. Essere il primo contatto per qualcuno di estraneo, nuovo del posto, per qualcuno che forse come me non sa bene cosa volere dalla vita. Potergli almeno consegnare le chiavi della sua stanza. Un letto e un tetto."

A Jule piace tantissimo stare distesa a letto di notte mentre tutte le luci sono già spente. Aspettare il sonno, e nient'altro.

"Il momento in cui a occhi chiusi e in silenzio ci si aggrappa ai propri pensieri, ci si abbandona alle fantasie o si insegue un'idea finché ci si assopisce lentamente e i primi sogni si mescolano con la realtà, ecco, questo momento cerco sempre di prolungarlo il più possibile. Non ho nessun problema a rimanere distesa così per un'ora e mezza."

Le racconto che da quelli a cui faccio visita sento spesso il contrario, che appunto non vogliono addormentarsi, che leggono o prendono appunti o cliccano senza sosta pagine e pagine su internet, perché qualcosa li spinge ad allontanare il momento di andare a letto. E si tranquillizzano solo quando finalmente fa giorno, quando tutto riparte e l'oscurità si dilegua.

Jule questo non lo capisce. "Il momento prima di addormentarsi è forse addirittura il mio momento preferito di tutta la vita" dice. "Perché ci si può fare affidamento. Non te lo può togliere nessuno, non importa dove uno stia sdraiato o cosa stia succedendo. Ci si può nascondere all'interno di sé, e per questo bastano un paio di palpebre."

Il mattino, dice, è quello che lei teme di più. Non che le faccia paura, no, paura no, la mette sotto pressione: "Quando tutto è di nuovo chiaro e carico di aspettative e non si può non vedere la polvere e lo sporco che ci circondano, sul comodino, sul pavimento, alle finestre, sulla scrivania, e che ci sfiniscono ancora prima di esserci alzati."

Sospira. Indica col mento verso la scrivania, verso il blocco di polistirolo.

"Come quello lì. Anche quello lì è carico di aspettative. Non so cosa ricavarne. Potrei ricavarne qualsiasi cosa. Ma in realtà non voglio ricavarne un bel niente."

"Mmh..." faccio io.

"Non ti ho chiesto niente di te" dice.

"Meglio così" dico.

Jule si alza, si avvicina al tavolo e prende il blocco tra le mani. Lo lancia in aria di qualche centimetro e lo riacchiappa. Il bisturi cade, si conficca nel pavimento. Tra le sue dita, il materiale stride sgradevole.

"Dimmi, cosa ne ricaveresti tu?" mi chiede.

"Una barca" rispondo.

"Una barca? Ehm..." esita. "No, non credo di volere una barca."

E poi andrei al fiume e la lascerei galleggiare, penso. Starei a guardarla mentre si fa sempre più piccola. E poi mi toglierei i vestiti ed entrerei in acqua e nuoterei in mezzo al fiume controcorrente fino a non farcela più.

Ma non glielo dico.

Dico soltanto: "E allora non ne ho idea."

AZIZ

Una domenica, alle 2 e 19

La finestra brilla nel cortile buio come un solitario fazzoletto giallo, sospeso in alto. Devo avanzare di qualche passo per riuscire a distinguere gradualmente anche l'edificio a cui la finestra appartiene. Se ne sta obliquo in mezzo a una terra di nessuno, un vecchio casermone informe con la facciata verde.

Procedo a tastoni nell'atrio finché una cellula fotoelettrica avverte i miei movimenti e una debole lampadina al di sopra della pulsantiera mi rischiara la visuale. I campanelli sono pieni di resti di nastro adesivo dovuti ai tanti cambi di nome. Le scritte dietro ai pezzetti di nastro sono così sbiadite che non riesco a leggerle. Forse, penso, tutto il palazzo è disabitato, eccetto dove la finestra è illuminata.

Il portone d'ingresso è socchiuso, mi dirigo verso le scale. C'è odore di lettiera per gatti, la luce è fioca e l'idea che forse qui non abiti nessuno, a parte quell'unica persona, mi spaventa. Le scale sono in pietra, e molto più sporche e scurite ai lati che nel centro. Forse prima c'era una passatoia. Supero alcune porte, quattro per ogni piano, verniciate di verde scuro, ma sbiadite e coperte di scritte e graffiti. Di una porta è stato rotto e divelto lo spioncino.

Arrivata al terzo piano mi tengo a una distanza di sicurezza di un buon metro e mezzo dall'appartamento in cui suppongo ci sia la luce accesa. Per bussare devo piegare il busto in avanti e stendere il braccio. Busso tre volte e mi ritraggo velocemente. Da dentro si sente un fruscio, un rumore come di qualcuno che inciampa, e la porta si apre.

Un tipo giovane, indossa pantaloni della tuta e una felpa e ha l'aspetto assonnato.

"Cosa vuole?"

"Ho visto che da lei c'è ancora luce e volevo sapere perché."

"Come mai?"

"Mi interessa. Niente paura, voglio solo parlare per un paio di minuti, davvero. Posso entrare?"

Mi squadra.

"Ok, ok, nessun problema. Quanto tempo le serve? Devo andare al lavoro."

"Dieci minuti o giù di lì."

Sembra incerto, leggermente irritato. Ma lascia la porta aperta e torna dentro. Quindi lo seguo.

"Lei come si chiama?"

"Aziz."

Un passaggio privo di porta conduce fino al bagno, senza finestre e piastrellato in marrone scuro, ma le piastrelle sono per la maggior parte rotte e fanno clac clac sotto i piedi. Corridoio e soggiorno hanno una moquette grigia e disseminata di macchie. In soggiorno ci sono alcuni mobili imbottiti, che originariamente saranno stati giallo chiaro, un divano e una poltrona, in più punti entrambi hanno degli strappi dai quali esce l'imbottitura. Il divano sfondato funge evidentemente anche da armadio di Aziz, i suoi vestiti vi sono stesi sopra in strati ordinati.

Alla finestra, un tavolo nero con sopra un ronzante laptop un po' vecchiotto, su un lato lampeggia verde una chiavetta internet. Accanto al tavolo, una sedia da campeggio marrone. La cucina consiste in un lavello accanto al divano e, a terra, un fornelletto a due piastre, che bisogna collegare alla presa della corrente. Le stoviglie, vale a dire una padella, una pentola, un piatto, un bicchiere, una forchetta e un coltello come pure un cucchiaino da tè, sono sparse lì vicino, appoggiate su un canovaccio. In uno scatolone ci sono delle provviste: barattoli di pelati e fagioli, spaghetti, capperi, latte a lunga conservazione, cornflakes, due banane e una mela.

Ci fermiamo in mezzo alla stanza.

"Posso darti del tu?" gli chiedo.

"Vada per il tu."

"A che tipo di lavoro devi andare?"

"Ai mercati generali. Scarico casse e così via."

"E com'è?"

"Te lo dico io com'è: odio il mio lavoro. Ti giuro: tutti ai mercati generali odiano il loro lavoro. Si comincia sempre alle tre del mattino, cinque giorni a settimana. Scarichiamo la merce dai camion e la impiliamo nel capannone. A seconda di quanta frutta e verdura compra un cliente, rimetto di nuovo la merce sul pallet, la porto col muletto al suo furgone e gliela scarico dentro. Si va avanti così fino a mezzogiorno. Io corro, corro, carico e scarico. Come un deficiente. Lo faccio solo da sei mesi. Non ho finito gli studi, a scuola facevo solo cazzate. E non ho nessuna formazione professionale. Quando un po' di tempo fa cercavo un nuovo lavoro, un amico mi ha detto: vieni anche tu ai mercati generali. E così sono andato. È stata una soluzione d'emergenza, non avevo voglia di mettermi in disoccupazione. E poi io lavoro volentieri, sul serio. Ai mercati generali guadagno duemilasettecento netti, ci si può pure stare. Si cerca solo di rendere la cosa un po' meno pesante, per quanto possibile. Il gruppo non è male, diciamo un sacco di stronzate, è divertente. Però è ogni giorno la stessa merda. Quando adesso arrivo sono già tutti là, stanchi morti come me."

Aziz apre il rubinetto e si lava il viso. Poi lo preme contro un asciugamano marrone.

"Sorry," dice "adesso devo cambiarmi. Se ti disturba guarda da un'altra parte."

Si toglie i pantaloni e prende dal divano un paio di jeans. Sull'elastico delle sue mutande c'è la scritta ROYAL. Si infila i jeans e stringe la cintura.

"Quand'è che vai a letto?" chiedo.

"Pfff," fa lui "mi sono disabituato a dormire. Non voglio rinunciare a uscire la sera, ho bisogno di stare con la gente, mi capisci. Però non riesco neanche a dormire a mezzogiorno, dopo il lavoro. Allora faccio una doccia veloce ed esco di nuovo. Voglio vivere anche qualcosa del giorno. Cerco di arrivare almeno a cinque ore di sonno per non distruggermi. Spesso sono soltanto tre."

"Cacchio" dico io.

"Credimi, da quando ho questo lavoro la mia vita è cambiata. Finito il mio turno, sono troppo a pezzi per sbrigare qualunque cosa. Non ce la faccio. Sono diventato uno zombie. Secondo la mia famiglia e i miei amici faccio un lavoro di merda. E per colpa dei mercati generali è finita anche con la mia ragazza. Renditi conto, il mio ritmo di vita fa male alla salute, è quasi disumano. La natura non vuole che si lavori di notte. Ho le occhiaie, sono uno straccio."

Si lascia addosso la felpa. Infila ai piedi un paio di calzettoni di lana.

"Ma che razza di casa è questa? Ci vive qualcun altro qui, a parte te?" gli chiedo.

"Boh, non ne ho idea, è una casa che mette i brividi. Quando mi sono lasciato con la mia ragazza avevo bisogno di cambiare aria. E ho trovato questo posto. Economico, in nero, senza complicazioni. Appartiene a una vecchia che avrà cent'anni e vive sola, qui accanto. Tutti gli altri appartamenti sembrano vuoti."

Ad Aziz la vecchia non ispira nessuna fiducia. Talvolta, quando torna verso mezzogiorno dopo una lunga nottata, ha la sensazione che qualcuno sia entrato nel suo appartamento. Gli sembra che in sua assenza le cose si siano spostate. Sono piccolezze, ma non tali da non accorgersene: un asciugamano pende in un altro modo, il laptop è acceso e tutto caldo, come se qualcuno fosse stato seduto lì per ore. Qualche volta il lavello è bagnato, anche se dovrebbe essere asciutto da un bel pezzo, oppure le t-shirt sono sistemate diversamente da come le aveva lasciate lui al mattino. Qualche volta manca del cibo. Una banana, un paio di fette di pane. Una volta è sparito un intero pacchetto di sale, e un'altra una confezione di pipistrelli Haribo.

"Non è bello accusare gli altri. Ma quella non ha tutte le rotelle a posto. Qualche volta, di sera, la sento andare su e giù per il corridoio e parlare da sola. Non capisco cosa borbotta, ma non è esattamente lucida. Ha preteso da me sei mesi di affitto in anticipo, così mi tocca rimanere almeno per questo tempo. Ma dopo me ne vado. Avere un lavoro di merda è già abbastanza, non ho bisogno anche di una topaia di merda."

Si infila gli stivali da lavoro neri, pesanti. Poi si risiede sul divano e si accende una sigaretta.

"Adesso devo proprio andare. Cosa vuoi sapere ancora?"

"È tutto, credo."

"Ok. Allora possiamo uscire insieme."

Mentre scendiamo le scale mi sogguarda.

"Comunque anche tu sei parecchio stramba, eh?" dice.

Di sotto, mi tiene il portone aperto: "Dopo di te."

Una volta fuori le nostre strade si separano. Lui svolta a sinistra, io a destra.

JENNY

Un martedì, alle 2 e 41

Un'asse, appoggiata a due sostegni fatti di blocchi di legno impilati, parte dal davanzale e si protende nella stanza. Sopra c'è un materasso, addossato al vetro della finestra dalla parte del cuscino. Jenny è distesa lì e osserva la gente per strada.

Non ho dovuto suonare da lei, mi ha visto giù, sotto la luce del lampione, e mi ha fatto cenno di salire. Quando arrivo in cima alle scale, vive al sesto piano, la porta è socchiusa e lei è di nuovo distesa sul suo letto-davanzale, avvolta in lenzuola celesti.

"Per di qua," dice a voce alta mentre sono all'ingresso "chiudi la porta e vieni qui, io rimango a letto, se non ti dispiace!"

Jenny ha l'aspetto di un ragazzino molto grazioso. I capelli lunghi. Non è truccata e ha la pelle leggermente abbronzata.

"Per addormentarmi ho bisogno del cielo sopra alla testa" dice.

Le piace stare lì e aspettare finché arriva l'alba e la luce si fa azzurra. Finché si accendono di nuovo le prime lampade e i mattinieri si alzano a fatica dai loro letti.

"Mi piace la debolezza degli esseri umani al mattino. L'annebbiamento mentale. Tutti preferirebbero rimanersene distesi, e invece obbediscono malvolentieri alla sveglia e barcollano come bambini piccoli per casa. E probabilmente ogni mattina si chiedono il perché di tutto questo, perché il corpo dolorante e il resto."

Jenny mi sorride.

"Lavori in ufficio anche tu?" chiede.

"No no" rispondo.

"E dove allora?"
"Da nessuna parte."
"Aha. E fai visita alla gente di notte così, tanto per fare?"
"Sì."
"A proposito, mi dispiace di non avere un posto per te. Prova a sederti sul davanzale, qua davanti, io mi sposto un po', così dovrebbe andare."
Mi tolgo le scarpe e mi isso sul davanzale. Lei scivola da una parte e sposta il cuscino verso destra, così che io possa sedermi con la schiena appoggiata alla cornice della finestra, piegando le ginocchia e mettendo i piedi là dove fino a poco fa c'era la sua testa. Lei si sdraia supina, la testa poco distante dai miei piedi, e riprende a raccontare.
"Ecco, e poi quando di mattina la gente è per strada mi infilo di nuovo sotto le coperte e aspetto che le palpebre diventino pesanti. Me ne sto ancora un po' a guardare la parete del condominio qui davanti mentre prende colore lentamente e le prime persone escono di casa. Poi si sente un fitto tacchettio sul marciapiede e il tram farsi sempre più rumoroso."
Ci pensa un attimo.
"Il tram al mattino non diventa affatto più rumoroso, vero?"
"Non credo" dico io.
"Fa lo stesso, a me pare così. Comunque mi piace vedere che tutti devono uscire mentre io posso rimanere a letto. Quando non vado per mare è questa la mia occupazione preferita: starmene a letto senza fare niente."
Jenny è cresciuta in Belgio e fin da bambina ha fatto vela insieme ai suoi genitori intorno al mondo. Uscivano in mare ogni volta che potevano. E ogni volta che poteva Jenny si sistemava per la notte sopra coperta e guardava il cielo finché si addormentava. A Joanna, sua sorella minore, non piaceva andare in barca a vela, e rimaneva sempre da una zia.

Jenny dice di sentirsi completamente a proprio agio soltanto quando non vede altro che mare attorno a sé. Addormentarsi è come veleggiare verso il mare aperto.

Questo però adesso non è possibile. Si è trasferita qui alcuni mesi fa proprio per stare vicina a sua sorella. Joanna si trova in una clinica poco fuori città.

Ormai pesa appena quarantacinque chili, lei che è alta un metro e settantacinque. Ha diciotto anni.

Tutto è cominciato l'estate di due anni fa, quando Jenny e i suoi genitori tornarono da un giro in barca a vela durato tre mesi. Con l'abbronzatura dei cento giorni passati per mare, una pomata bianca sul naso e i capelli spettinati dal vento, entrarono nel porto di Ostenda. Joanna, in jeans tagliati corti e canotta bianca, era seduta su una gran bitta e beveva da una lattina di Coca-Cola. Quando furono a portata di voce, diedero ordine a Joanna di prepararsi per la manovra di ormeggio. Lei però non si mosse, anzi, tirò fuori dalla tasca posteriore un pacchetto morbido di sigarette, ne estrasse una con i denti e se la accese. Soltanto all'ultimo momento, suo padre e Jenny urlavano già, mise giù la Coca-Cola, si infilò le ciabatte e, serrando la sigaretta all'angolo della bocca, prese le funi che le gettarono per farle girare attorno alla bitta.

Appena la barca fu ormeggiata e l'indispensabile fu fatto, Jenny saltò per prima sulla banchina e abbracciò la sorella, che però si irrigidì. I genitori non trovarono strano che Joanna avesse cominciato a fumare. In famiglia vigeva da sempre il principio: ognuno deve sapere da sé cosa è bene per lui. Praticamente non c'erano regole. Chi voleva andare in barca a vela poteva farlo, e chi voleva rimanere a casa poteva farlo. Chi voleva andare a scuola poteva andare a scuola. E chi voleva fumare poteva per l'appunto fumare. A Jenny però la nuova Joanna suscitava qualche perplessità.

Nei tre mesi precedenti Joanna si era occupata della casa e aveva addirittura organizzato una piccola grigliata serale per festeggiare il ritorno della famiglia. Aveva procurato birra, vino e verdure e insieme a una ragazza magra proprio come lei, che era evidentemente diventata la sua migliore amica, aveva preparato degli spiedini di pane da abbrustolire alla griglia. Tutto a posto, pensavano i genitori, che dal loro rientro erano anche troppo impegnati per vedere le cose diversamente, facevano in continuazione avanti e indietro con la macchina dalla barca alla casa, riordinando con l'intento di riprendere la vita di tutti i giorni sulla terraferma il più velocemente possibile. Lavoravano entrambi ai cantieri navali. L'inverno, quando la maggior parte dei velisti metteva la barca in rimessaggio, era il periodo in cui guadagnavano di più. Non notarono che Joanna durante la serata di benvenuto non aveva mangiato niente. "Sta crescendo" commentavano i genitori anche in seguito, quando Jenny si preoccupava perché Joanna diventava sempre più magra.

Arrivò l'autunno, poi l'inverno, e a un certo punto Joanna pesava soltanto quarantacinque chili e nessuno poteva più chiudere gli occhi di fronte all'evidenza. In primavera Joanna cominciò una terapia, che però non si dimostrò di grande aiuto. In autunno diede fuoco inavvertitamente alle sue coperte perché si era addormentata con la sigaretta accesa. Jenny, che dalla stanza accanto aveva sentito l'odore di fumo, spense il fuoco prendendo freneticamente dei vestiti dall'armadio di Joanna e buttandoli sopra alle fiamme fino a soffocarle. Joanna la ringraziò con una serie di imprecazioni. All'inizio di ottobre l'autista di un autobus di linea trovò Joanna priva di sensi sull'ultimo sedile. Si lasciò portare, senza opporsi, a Monaco, in una clinica specializzata. Jenny la seguì, i genitori rimasero a Ostenda per via del lavoro, andando a trovarla a turno un fine settimana sì e uno no. Ecco il motivo per cui hanno preso in affitto l'appartamento.

"Secondo me ha il mal di terra" dice Jenny, si gira sulla pancia e mi guarda i calzini. "Lo capisco che odia il mondo. Anch'io preferisco stare in mare. Ma lei non ama l'acqua."

I miei calzini sono così vicini al viso di Jenny che lei fa quasi gli occhi strabici quando li guarda.

"I tuoi calzini sono di colori diversi e hanno dei buchi" dice. "Vuoi un paio dei miei?"

"No, va bene così" rispondo.

"Ma dài. Sai quanti calzini ho? Migliaia." Jenny si alza, si sposta sull'altro lato della stanza e apre il cassetto di un armadio basso. Indossa un paio di boxer da uomo celesti e una felpa grigia con le maniche lunghe. Le sue gambe sono abbronzate proprio come il viso. Tutto in lei è snello e androgino. È scalza. Non è difficile immaginarsela su una barca a vela. Assolutamente *cool*, per l'appunto. Per un attimo mi piacerebbe essere al suo posto e viaggiare attorno al mondo su una barca a vela tutta mia.

"Neri?"

"Neri vanno benissimo" dico, e aggiungo: "Grazie, non era necessario."

"I calzini rotti danno terribilmente sui nervi" dice lei infilandosi di nuovo nel letto e avvolgendosi nella coperta.

"Mentre passeggia con me Joanna dice sempre: 'Non c'è nessun motivo preciso. Voi non ne avete colpa. Trovo solo tutto tremendamente tragico: vieni al mondo, sei curiosa, vuoi toccare e capire tutto. E poi si comincia: no, qua non puoi stare seduta, no, questo non si fa, quello non mi piace, a scuola non superi l'anno, qua hai sbagliato, ma come ti sei conciata, non ti voglio bene, va' via di qui, il semaforo è rosso, e a qualcuno viene un tumore. E così la gente diventa prima triste e poi cattiva. In fondo, però, nessuno vuole essere cattivo. Uno vorrebbe solo essere lasciato in pace, ma la vita non lascia mai in pace nessuno. Si soffre continuamente per qualcosa.' E allora le dico: 'Andiamo, Joanna! Tutti ti vogliono bene, nessuno tra quelli che conosciamo ha un tumore e tu puoi fare ciò che desideri, ma dov'è il problema? Prova a venire in barca con me. Là le cose sono diverse. Chi non va d'accordo col mondo deve spostarsi sull'acqua. Te lo dico da sempre, no?' Ma lei si limita a scuotere la testa."

Jenny si prende i capelli e li lega in una treccia che poi tiene con una mano. "Non credo di poterla aiutare" dice. "Credo che nessuno possa aiutarla, in realtà."

Poi si mette di nuovo supina.

Adesso non si vede più nessuna finestra illuminata. Non passa nessuna macchina. Nessuno attraversa la strada. Soltanto un lampione, appeso tra due case, oscilla lievemente avanti e indietro. Schiaccio il naso contro il vetro freddo e mi perdo in uno sguardo assente. Quando dopo un po' mi volto, Jenny si è addormentata. Me ne vado quatta quatta, chiudo piano la porta e scendo in strada.

NICOL
Un venerdì, alle 4 e 18

Sono nell'androne già da un pezzo. Fuori nevica, dopo pochi passi non si sente più il viso dal freddo. Quando poco fa un uomo è uscito dal palazzo, sono entrata infilandomi alle sue spalle. Le pareti qui sono tinteggiate di rosso e quando le si osserva da fuori si ha l'impressione di gettare lo sguardo su un corpo color sangue, caldo e vivo, un essere palpitante in una strada deserta e ghiacciata. Adesso sono raggomitolata a terra contro un termosifone sotto l'interruttore della luce. Mi sono alzata già dieci volte per ripremerlo. Questo perché la luce si spegne automaticamente ogni cinquanta secondi, li ho contati. E quando lo premo la temperatura sale subito di un paio di gradi. È il mio compito, adesso: devo assicurarmi che il palazzo non muoia. Devo schiacciare il pulsante di rianimazione. Accendere la luce di nuovo, ancora, a ripetizione, nuovo sangue nelle arterie.

Poi, all'improvviso, ecco che torna l'uomo dietro al quale mi sono infilata nell'androne. Fa per premere l'interruttore accanto al portone d'ingresso, poi si accorge che c'è luce e si guarda intorno. La sua barba e il suo berretto sembrano fatti della stessa lana grigia. Il lungo cappotto marrone è disseminato di palline di stoffa e fiocchi di neve che si stanno trasformando in gocce d'acqua. Nel vedermi raggomitolata accanto al termosifone accenna un gesto di sorpresa, vuole dire qualcosa, poi però lascia perdere. Io mi alzo in piedi. Apro la bocca per parlare, ma lui mi anticipa: "Hai perso la chiave?"

"Sì" dico in fretta. "Sono ospite in uno degli appartamenti al piano di sopra e la mia amica, che vive lì, ora non c'è."

"È caldo?"

Si avvicina al termosifone e ci appoggia una mano sopra.

"Bene" dice.

"Sì, bene" dico a mia volta. "Posso anche aspettare qui, non si gela mica."

Non so perché all'improvviso mi sia messa a raccontare bugie. Quello che in genere dico alla gente, insomma che sono una ricercatrice, è pure una bugia, ma ormai è consolidata e quindi in un certo senso accettabile. Credo. Ma adesso le bugie mi vengono spontanee, anche perché sarebbe poco credibile: una ricercatrice abbracciata al termosifone nell'androne di un palazzo.

"Be', ma mi sa che non è troppo piacevole per te, no?" dice.

Vedo nei suoi occhi che sta cercando una soluzione, un modo per risolvere la cosa. Bene, penso io, bene.

"Sì, non è il massimo, ma non fa niente" rispondo.

Lui continua a guardarsi attorno e a cercare chissà che nella sua mente.

Allora dico: "Lei non mi conosce ed è un'idea un po' estemporanea, però pensavo, del resto tentar non nuoce e lei può sempre dire di no, ma è meglio chiedere che non chiedere, insomma, sta per mettersi a letto oppure magari posso salire da lei? Ho sete e dovrei anche andare al bagno."

"Ah," dice lui, fa un passo indietro e si tocca il naso "be', sì, puoi senz'altro bere una cosa e usare il bagno, insomma, non ti conosco e probabilmente tra due minuti ti butterò fuori, però se vuoi... sì."

Saliamo le scale, lui apre la porta con la chiave e mi fa entrare per prima. "La luce è a destra" dice. "Per favore togliti le scarpe, fuori è tutto bagnato e non voglio pozzanghere in casa."

Lo seguo lungo il corridoio fino in cucina. Sul fornello c'è un pentolino con il latte, nel lavello sono ammonticchiati dei piatti sporchi. Prende dal frigorifero un tetrapak di succo di mela. “Vuoi del succo di mela caldo?”

“Sì” rispondo.

“Va’ pure al bagno,” mi dice “è subito dopo la porta d’entrata.”

Non ho bisogno del gabinetto, però mi avvio lo stesso. Nella vasca c’è uno scalino per sedersi e la doccia è montata così in basso che non ci si può lavare in piedi. Me lo immagino ogni mattina rannicchiato lì, a lavarsi così scomodamente. O fa la doccia di sera? O soltanto ogni due giorni? Tiro lo sciacquone. Lascio scorrere l’acqua dal rubinetto finché diventa bella calda ed esala vapore. Ci tengo sotto le mani. Mi si sono intorpidite. Poi torno in cucina.

Nel pentolino dove fino a poco prima c’era il latte adesso c’è il succo di mela fumante. L’uomo prende da uno stipetto della cucina una confezione di cannella e ne sparge un po’ sul succo. Ha un buon profumo. “Grazie,” dico io “è davvero gentile, bastava anche dell’acqua, torno subito giù dal termosifone!”

“Nel cassetto lì dietro dovresti trovare un foglio di carta e una matita. Dovrebbe essercene una accanto alle scatole di fiammiferi, così puoi scrivere un biglietto alla tua amica per dirle che sei dal vicino Fynn, è il mio cognome. A proposito, mi chiamo Nicol. Suona da me e ti viene a prendere qui. Io adesso, in ogni caso, non dormo, puoi rimanere finché non vado a letto. E se lei tarda ancora vedremo che fare.”

“Accipicchia, che gentile” dico.

Scrivo sul biglietto quello che mi ha detto ed esco dall’appartamento. Salgo le scale, un piano, un altro, ancora uno, fino al sottotetto. Lì ripiego il biglietto più volte e lo lascio sul davanzale della finestra. Qua non lo trova nessuno, penso, quassù non arriva nessuno, è tutto impolverato.

Nicol e io siamo seduti in soggiorno e beviamo il succo di mela alla cannella. Ci sono due finestre con davanti due tavolinetti accostati l'uno all'altro e alcuni sgabelli. In un angolo della stanza c'è una poltrona con accanto un elemento di divano, un cubo rosso. Nicol è seduto al tavolo, io sul cubo rosso. Di fronte a una porta, un grande armadio bianco con le ante a specchio.

"Cosa c'è dietro l'armadio?" chiedo.

Lui guarda l'armadio, inarca le sopracciglia e sospira. "Questa però è una domanda da pistola alla tempia" dice.

"Perché?" chiedo.

"Be', questa porta, insomma, con questa porta è piuttosto... come dire?" Si schiarisce la voce e guarda la porta. Poi me. Poi di nuovo la porta.

Poi: "Va be', te lo racconto. Che tu mi creda o no, quella porta è chiusa da dieci anni. Lì hanno vissuto per nove mesi due giovani iraniani, due profughi. Li ho conosciuti un giorno in treno tornando da Budapest. Abbiamo parlato per tutto il tragitto. Due ragazzi simpatici e a modo, volevano stare in Europa, però non avrebbero mai trovato un lavoro in regola. Uno era un ballerino, insomma non di professione, ma col sogno di diventare un giorno un ballerino famoso. L'altro non faceva niente di preciso, voleva solo un lavoro, un lavoro semplice. Mi hanno subito ispirato fiducia, fin dall'inizio. E così ho detto: vi aiuto io.

All'epoca ero commesso al deposito dei rifiuti riciclabili, dove per pochi marchi si rivende tutto quello che viene buttato via dalla gente ma è ancora in buono stato. C'era anche un chiosco dove si potevano mangiare würstel e bere caffè, e dove venivano sempre a fare una pausa quelli che avevano un lavoro da offrire. Uno si occupa di traslochi, un altro di ristrutturazioni, un altro ancora tiene a posto i campi sportivi della città, ovunque ci sono opportunità per lavorare in nero. Potevo cercare lì qualcosa per i due iraniani. Il ballerino era un tipetto magro, però mi ha detto: faccio di tutto. Poi, al momento di scambiarci i numeri di telefono, mi sono reso conto che loro non ce l'avevano e non avevano neanche un posto dove dormire. Così ho detto: venite da me, e li ho sistemati nella stanza degli ospiti. Poi gli ho rimediato qualche lavoretto. Ogni volta qualcosa di diverso, ma non male. Il ballerino ha lavorato un po' meno dell'altro perché voleva lasciarsi del tempo libero per esercitarsi. E così danzava qui nell'appartamento. Era bravo, per quel che posso giudicare io. Non avevo mai visto un uomo danzare, non vado a teatro o roba del genere. Però la cosa aveva una sua bellezza, davvero, i muscoli, lo slancio, era tutto, ah, non so come descriverlo, era tutto straordinariamente levigato.

Di lì a poco mi licenziai dal deposito di rifiuti riciclabili e cominciai a lavorare per un servizio di trasporto-anziani. Il ballerino, Djamal, mi aiutava spesso, lo preferiva al lavoro da scaricatore che faceva l'altro. A un certo punto eravamo diventati una vera e propria famiglia. Spesso di sera cucinavano, ricette persiane. Baris, l'altro, non il ballerino, sapeva cucinare benissimo. Gli dicevo: devi fare il cuoco. Djamal diventa un ballerino, tu diventi un cuoco, e siamo a posto! Loro ridevano.

Dopo cena uscivamo spesso a passeggiare, era Djamal a suggerirlo, perché non gli piaceva sentirsi appesantito dopo aver mangiato, e allora immancabilmente diceva: 'And now, digestwalk, digestwalk!' Qualche volta camminavamo nella notte per due, tre ore. In angoli della città che non conoscevo nemmeno io. E ogni tanto i due si prendevano per mano. Avevano una relazione, almeno credo.

Un giorno poi decisero di proseguire per la loro strada. Djamal aveva sentito qualcosa a proposito di una comunità di artisti dove avrebbe potuto perfezionarsi nella danza, e Baris voleva partire con lui, e forse rendersi utile là come cuoco. Aveva preso sul serio il mio consiglio, e a ragione!

Quando mi dissero che se ne sarebbero andati li ho pregati di non riordinare la stanza. Loro però non volevano darmi retta, ho dovuto proibirglielo sul serio. Non volevo che tutto tornasse a essere vuoto. Djamal aveva appeso foto di ballerini, opuscoli pubblicitari, ritagli di riviste e locandine dell'Opera. Perché una volta Baris e io gli abbiamo regalato un biglietto dell'Opera. Per il resto avevano accumulato quel che si accumula in genere, niente di particolare, ma era vita vissuta. Secondo me non andava buttato via tutto. Il pensiero mi rattristava. E visto che non ho bisogno della stanza, ci ho messo davanti l'armadio, e da allora non l'ho più spostato."

Nicol fa un mezzo sorriso e mi guarda negli occhi. "Tutto qui. Una storia del genere non l'hai mai sentita, eh?"

"Caspita" dico. "E quand'è che toglierai l'armadio e guarderai di nuovo dentro?" gli chiedo.

"Prima o poi si presenterà l'occasione" risponde lui.

"Hai più avuto notizie dei due? In dieci anni ne saranno successe di cose" dico.

"All'inizio ogni tanto mi scrivevano una cartolina. Dopo averle lette le infilavo sotto la fessura della porta dietro all'armadio. Le riscoprirò quando metterò di nuovo piede nel museo, prima o poi" dice. "Ma dopo hanno smesso. Non so più nulla di loro."

"Mm, mm, mm..." canticchio sovrappensiero a bocca chiusa osservando l'armadio. Poi mi rivolgo a lui. "E cosa fai di notte?"

"Ho mantenuto il rituale della passeggiata che facevo con i due iraniani" dice. "Però non la faccio più subito dopo cena perché mi addormento regolarmente. Mi addormento già verso le nove di sera, e poi in genere mi sveglio verso le quattro. E a quel punto esco. Mi piace. Si sente solo il gorgoglio dei tombini o il mormorio diffuso di qualche canale urbano. E ogni tanto qualcuno che da qualche parte fa ancora sesso."

Ride. “Ma oggi faceva semplicemente troppo freddo. Per quello mi hai visto uscire. Non ho resistito più di un paio di minuti. Davvero un freddo cane, là fuori.”

“Sì” dico. Guardo dalla finestra. Le finestre di fronte sono vicinissime. Ma tutte buie. C’è vento, il lampione stradale oscilla gettando sui muri delle case strie di luce intermittente.

“Tu cosa fai di bello?” chiede dopo una pausa. “E la tua amica cosa fa, in quale appartamento abita di preciso? Di sicuro l’avrò incontrata per le scale.”

“Diventerà conducente di treni” dico. “Le piace dirigere le cose. A dire il vero voleva diventare capitano di una nave, ma l’acqua non è il suo elemento.

“E tu?” chiede. “Raccontami un po’ di te. Cosa fai qui, quanto ti fermi in città?”

Considero tra me la possibilità di alzarmi e tagliare la corda. Poi però decido di rimanere.

“Sono una ponteggiatrice. Ho appena finito il tirocinio. Quando da qualche parte viene costruita una casa, le metto per così dire le grucce. Sembra noioso, però è sempre meglio che costruire case sugli alberi. Bisogna fare parecchi calcoli e avere rudimenti di statica, ma ci sono portata.”

“Wow” esclama. “Sei già molto più avanti di me. Io non ho imparato niente. Ho solo fatto il commesso o l’autista, come ti ho raccontato. E come ti è venuta l’idea?”

“Da bambina mi è sempre piaciuto molto arrampicarmi, trovavo che le case sugli alberi fossero fantastiche. E quando mi trasferii a vivere in città con i miei genitori, ho cominciato a salire sulle impalcature. A un certo punto fu messa un’impalcatura anche alla nostra casa, e io dalla finestra ho attaccato bottone con gli operai, che mi hanno spiegato tutto quanto. Da quel momento ho saputo cosa volevo fare. Anche perché si può guardare dentro alla vita della gente.”

Porto una mano alla tasca dei pantaloni. “Il mio telefonino sta vibrando. È di sicuro la mia amica, aspetta.”

Vado al bagno e faccio finta di parlare con qualcuno. Poi torno da Nicol.

“Devo andare: la mia amica dice che devo raggiungerla in taxi al bar dove si trova adesso così mi dà la chiave, perché lei dormirà da qualcun altro. Grazie per il succo di mela. Grazie di tutto.”

Nicol mi guarda stupefatto. “Ah, è così, sì, va bene. Mi ha fatto piacere.”

Nicol è sorpreso e irritato che me ne vada così all’improvviso, e mi dispiace. Credo che mi abbia trovato simpatica. Ma ormai ne ho abbastanza. Non so nemmeno cosa mi stia succedendo. Forse ormai questa storia va avanti da troppo tempo. Vorrei che qualcuno conservasse per sempre la mia stanza così come l’ho lasciata. Mi basterebbe.

Fuori si gela. Non sento nessun tombino gorgogliare e nessuno fare sesso. Solo i miei passi nella neve e, a parte questo, un silenzio ovattato.

ALEKO
Un mercoledì, alle 4 e 48

L'appartamento di Aleko si trova in uno scantinato. Si dice anche *souterrain*, ma è un eufemismo, perché fa pensare a una terrazza e a un salotto, e non a finestre impolverate dalle quali trapela una luce fioca, dietro a un'inferriata all'altezza del marciapiede. Se si abbassa lo sguardo verso le finestre di Aleko ci si immagina qualcuno seduto al lume di una lampada a petrolio, avviluppato in una coperta di panno.

Aleko mi apre una porta bassa accanto all'ingresso principale di un vecchio edificio. Ha la testa troppo grande rispetto al corpo, e alle sue spalle scorgo dei vecchi gradini di pietra che portano di sotto. Pare indispettito.

"Che faaaai?"

Parla con un accento straniero, allungando le vocali come se nella sua lingua madre non ce ne fossero, oppure come se fossero qualcosa di molto più solenne che da noi e venissero cantate tra le consonanti con particolare devozione.

Comincio a raccontare la storia che racconto sempre – che faccio una ricerca sulla notte e sullo stare svegli, e per questo cerco chi, di notte, ha ancora la luce accesa. Però avverto la sua diffidenza fin dalle prime parole. Non mi crede, si accorge che è una bugia, e forse dipende dal fatto che oggi sono infelice.

"Ma chi fa una cosa così, dimmi, chi? Tu disturbi la gente nel suo tempo sacro! Che vuoi? Tu vuoi qualcos'altro, ma cosa?"

Si arrabbia ancor di più perché me ne sto lì senza dire niente.

"Adesso vieni dentro e mi racconti" dice. La I è un'eccezione, penso, la I non l'allunga come le U, le A, le O e le E.

Mi afferra per un braccio e quasi mi spintona, mi spinge giù per le scale. Le sue mani sulle mie spalle sono grandi, calde, e solo ora mi accorgo di quanto freddo ho avuto per tutto il tempo.

C'è odore di cantina, di olio combustibile e di vecchia carta. Fa caldo, tremo. Le finestre, da cui poco fa avevo chiamato verso il basso, adesso sono in alto, ben al di sopra della mia testa, e le si può aprire solo a ribalta. Le pareti sono tappezzate con i rimasugli di varie carte da parati, una striscia ruvida a tinta unita, una striscia a fiorellini, una striscia di vecchi giornali, tutta la stanza è un collage. Il pavimento è in legno.

Aleko mi fa cenno di sedermi sul divano addossato a una delle pareti e si avvicina a un samovar, posto in un angolo vicino al lavandino. Si sente un sibilo, lui riempie un bicchiere di acqua bollente. Poi ci sparge sopra alcune foglioline scure e me lo mette davanti.

"Tu non hai una casa!" dice.

Mi piego sul tè e lascio che il vapore mi accarezzi il viso. Quest'uomo non ha cattive intenzioni, lo so, lo vedo dai suoi occhi che continuano a fissarmi, a incalzarmi tutto il tempo, vuole che io racconti, e adesso lo dice chiaramente, dice: "Ora ti tocca rispondere alla tua stessa domanda!"

Distolgo lo sguardo, lo abbasso di nuovo sul tè. Sono un'aquila, volo sopra un lago orientale nella rugiada del mattino, tutto è color arancio, caldo e avvolto dalla foschia.

Lui mi si siede vicino e sorbisce rumorosamente il tè. Io prendo un respiro profondo, poi alzo il viso dal bicchiere e comincio a bere anch'io, sorseggio il tè al suo stesso ritmo e altrettanto rumorosamente. Riappoggiamo le tazze nel medesimo istante. Continuo a non avere voglia di rispondere. Perché continuo a non sapere cosa dire.

Di notte si avverte il viaggio sulla superficie del mondo come se si fosse su una barca che scivola lenta attraverso un tunnel scuro alla volta di un luna park. Per un po' è tutto in silenzio, e ci si può limitare a tacere e a guardare. Nelle cavità lungo le pareti del tunnel emergono di sfuggita figure e scenari fiabeschi, illuminati debolmente, e in sottofondo si sente una bizzarra e sinistra melodia. Quando poi il sole sorge di nuovo, insomma quando la barca esce dal tunnel e tutto ridiventa luminoso, chiassoso, urlante e comune e misto, e non si sa più da quale parte guardare – qua l'ottovolante, lì i bambini con i palloncini colorati, là i bebè piagnucolanti e tutta una babele eccitata, non si riesce più a riconoscere niente di quello che dentro al tunnel sembrava così chiaro. E allora torna il nervosismo accecante che toglie il respiro e fa sì che il naso cominci a prudere e il corpo a essere pesante.

Devo raccontarglielo?

Devo dirgli che mi piace quando di notte la maggior parte della gente è sola come io lo sono sempre, e spero di non sentirmi più tanto sola quando incontro gli altri nella loro solitudine? Non riesco a raccontargli niente, niente della mia infanzia o della mia famiglia. Queste storie le ho inventate così spesso che non so più qual è la verità. E poi fa lo stesso, perché tutto ormai è passato e andato via. Non si può tornare indietro come se si tornasse in un luogo, nemmeno se si chiudono gli occhi, l'ho già sperimentato più di una volta. Si può solo andare dalla gente che ha dei ricordi e verificare se si hanno gli stessi ricordi e forse, ma solo forse, ci si può convincere che questa sia la verità. Ma nella mia vita, perlopiù, non ci sono persone che ricordino insieme a me, e quindi non c'è niente che sia stato, e per questo non ho neanche niente da raccontare.

Devo dirglielo?

O devo inventare di nuovo qualcosa? Non voglio inventare più nulla. Potrei raccontare degli oggetti che possiedo, non sono molti e al momento si trovano dietro alla rastrelliera per biciclette della casa dei vicini, e sono abbastanza sicura che quelli siano veri perché posso prenderli in mano; e mi sono accanto, e anche se adesso non li vedo so che ci sono, almeno se vado a recuperarli, diciamo, al più tardi entro domani sera.

Ma perché dovrebbe essere interessato?

Il divano è imbarcato. Siamo seduti nel mezzo, le nostre spalle si sfiorano. Respira come respirano i vecchi, attraverso grandi narici pelose, sonoramente e con lentezza. Adesso non fa più domande. Non ho idea di quanto tempo sia passato, di quanto siano durati i miei pensieri. Lui guarda con me il pavimento. Non mi dà fastidio, non puzza e non mi intimorisce, va bene così. Ha un odore normale, un comune e lieve odore di pelle e capelli, di pelle buona e di capelli buoni, proprio come piace a me.

"Ho fame" dico. Lui mi guarda e io adesso lo guardo di rimando sul serio, apertamente, e spero che veda in me la risposta che ho appena pensato di dare alle sue domande.

E può darsi che sia così, perché adesso non ha più il viso duro e irritato. Ha folte ciglia nere e la pelle scura ma non troppo, leggermente giallastra. Forse viene dal sud della Croazia oppure da Sofia, dove torna una volta l'anno per andare a trovare la famiglia, le sorelle e la vecchia madre. E se non è seduto con loro in una stanza a scambiare qualche chiacchera sui vicini, rimane sdraiato sul balcone a fissare con sguardo assente la città, sopra cui aleggia una foschia azzurra, e a chiedersi come mai non ha formato una famiglia tutta sua. Al tempo stesso conosce la risposta. Perché non importa, non ce n'è stata l'occasione, e perché tra poco ripartirà alla volta di una grande città europea per abitare nello scantinato di una villa in degrado di cui dovrà curare il giardino. Perché questo lo sa fare: occuparsi delle piante.

Con la sua grande mano mi batte tre volte sulla spalla, si alza ed esce dalla stanza. Io voglio volare di nuovo sopra il lago orientale, ma il tè non è più fumante, e la tazza è quasi vuota. Mi alzo e la riempio. Il samovar sbuffa come un drago, come un drago selvaggio e generoso.

Io accavallo le gambe e tengo il viso sopra la tazza. Questo mare dorato. Si chiama Aleko, lo so anche se non l'ha detto, e forse non viene da Sofia, ma da un mare dorato dove si parla una lingua orientale che è la più bella di tutte le lingue del mondo.

Aleko torna con un piatto con sopra dei piccoli rettangoli di pane nero spalmati di burro. Accanto, una cipolla rossa, un mucchietto di sale, pepe e una noce moscata. Con un gesto quasi da prestigiatore, con un affilato coltellino tascabile, comincia a tagliare la cipolla a fettine sottilissime, quasi trasparenti. Le adagia sui pezzetti di pane imburrato eliminando la parte di cipolla che deborda, che recupera con una mano e mette in bocca. Poi prende la noce moscata e la gratta col suo coltellino, fa cadere la polvere sul pane come fuliggine sottile. Alla fine prende un pizzico di sale, che fa piovere sulla sua creazione. E pepe. Poi mi porge il piatto e dice: "La fame migliore!"

E ha ragione. È la fame migliore, la migliore di tutte e io mangio le tartine alla noce moscata in meno di un minuto e mezzo, mentre lui se ne sta seduto lì a guardarmi come si guarda un animale chino sulla sua ciotola.

Gli direi volentieri qualcosa. La verità. Ma io non so qual è la verità. Una parte di verità è che devo passare le notti in giro perché se si dorme all'aperto di giorno si dà meno nell'occhio. Ma se glielo dicessi lui mi crederebbe una barbona, una mendicante. E io non lo sono. Certo che non lo sono. La questione non è così semplice.

Sono molto stanca. E Aleko ha pure una coperta. Quando spegne la luce da fuori filtra il chiarore del mattino. Io mi giro e chiudo gli occhi, così è di nuovo buio.

INDICE

In redazione
Katia Colantoni e Dante Impieri

Grafica
Progetto: Alberto Lecaldano
Font: *Voland*, Luciano Perondi, 2010

Stampa
Print on Web Srl
via Napoli 85
03036 Isola del Liri (FR)

Finito di stampare: agosto 2017

Edizioni Voland
00187 Roma, via Quintino Sella 41
tel. 06 42011513
www.voland.it
e-mail: redazione@voland.it